◆▶ 中国文学名家散文精选丛书

在河之洲

刘云霞　著

江西高校出版社

JIANGXI UNIVERSITIES AND COLLEGES PRESS

南　昌

图书在版编目（CIP）数据

在河之洲 / 刘云霞著. -- 南昌：江西高校出版社，
2025. 6. -- (中国文学名家散文精选丛书). -- ISBN
978-7-5762-5675-8

Ⅰ. I267

中国国家版本馆CIP数据核字第20240YH427号

责 任 编 辑　袁娟霞
装 帧 设 计　夏梓郡

出 版 发 行　江西高校出版社
社　　　　址　江西省南昌市新建区工业二路508号
邮 政 编 码　330100
总 编 室 电 话　0791-88504319
销 售 电 话　0791-88505090
网　　　　址　www.juacp.com
印　　　　刷　鸿鹄（唐山）印务有限公司
经　　　　销　全国新华书店
开　　　　本　650 mm×920 mm　1/16
印　　　　张　13
字　　　　数　160千字
版　　　　次　2025年6月第1版
印　　　　次　2025年6月第1次印刷
书　　　　号　ISBN 978-7-5762-5675-8
定　　　　价　58.00元

赣版权登字-07-2024-906

目 录
CONTENTS

第四辑
一山一寺一菩提

第五辑
心与万物握手言和

第一辑

爱情的花语

恰是年初，上一年的总结尚未完成，新一年的计划还未开始，茶几上的水仙花已经开了。白色的花瓣黄色的花蕊散发着淡雅的清香，氤氲整个客厅。

我先是惊喜，情不自禁地俯下身子凑近花朵嗅着流动的芬芳，随即怅然。这花一开，没几天便是立春了，随后便是谷雨、惊蛰，随后便是夏至、小满，随后便是秋分、冬至……水仙在短暂芬芳之后就只剩下残败与凋零了吗？

水仙不是我种的。我喜欢花，却没有侍弄花的耐心与闲情。每年冬天来临，老公总是到花市精挑细选几个水仙的根茎，洁白的蒜头一般的根茎，放在浅浅的青花瓷盘里，再到江边精挑细选一些精致干净的鹅卵石铺在盆底，摆在客厅的茶几上。

这花生命力极强。每隔三五几天，老公为水仙换一次清水，也不见他加什么花肥。不过，他换水的过程值得一提。他把花盆小心翼翼地端起来，小心翼翼地捧着穿过饭厅到达厨房一角的洗衣槽旁，再小心翼翼地放下，把"蒜头"拿出来搁在一边，把卵石一颗一颗捡出来，再把水倒掉，然后清洗花盆到光洁亮丽，再把"蒜头"和卵石一样一样一颗一颗捡回到青花瓷盘里，加上清水以后又端回到茶几上。一年又一年，水仙在我生命的寒冬里盛开。一年又一年，他凝视侍弄宝物的目光没有什么变化，凝视中做着梦。蓦然发现，一年又一年的品味、把玩、获得当中，目光下的那张脸越来越不年轻，越来越不丰满。

渐渐地，水仙雪白的根茎长出了修长宽扁的嫩叶，不多时便蒜叶般碧绿葱茏。后来，长长扁扁的蒜叶间抽出了圆鼓鼓的花茎，绿绿的花苞一个一个从花茎上钻出来，羞羞答答的。

花茎越长越长，花苞越来越多，越长越大。不经意间，饱满的花苞膨胀裂开，六片素雅洁白的花瓣围着金黄的花蕊，碧绿的叶子衬托着典雅的花朵，幽雅芬芳，别有神韵。让人不禁心生欢喜：水仙花开了！春天又来临了！

水仙在中国已有一千多年栽培历史。传说水仙是尧帝的女儿娥皇、女英的化身，她们二人分别是舜帝的后、妃。舜帝驾崩后，娥皇与女英双双殉情于湘江。上天怜悯二人的至情至爱，便将二人的魂魄化为江边水仙，她们也成为腊月水仙的花神了。这虽然是神话传说，但水仙位列我国十大名花之一，在六朝时称"雅蒜"，宋代称"天葱"。之后，人们还给她取过不少巧妙、美丽的名字，如金盏、银台、俪兰、雅客、女星等等。花如其名，绿裙，青带，亭亭玉立于清波之上。素洁的花朵超尘脱俗，高雅清香，格外动人，宛若凌波仙子踏水而来。水仙是中国民间新年请供的年花，代表避邪除秽，寓意家庭吉祥如意，表示多情、想你、思念、团圆，在西方则表示爱你、纯洁，象征着爱情。

"借水开花自一奇，水沉为骨玉为肌。"这些年的春节里，室外要么是当空丽日，要么是阴雨绵绵，我家客厅的茶几上却总是有怒放的水仙。似面容姣好的女子，身着黄衣服白裙子，蒜叶是她的头发，微风带起她的衣裙和发梢，她款款行走在碧波荡漾的湖中央。惊叹爱慕的同时，不禁感慨，所谓伊人，在水一方。

　　"含香体素欲倾城，山矾是弟梅是兄。"水仙年年种，伊人与花香从诗经里蹦出来，在现实的光影里反复跳跃。春天是播种的季节。难道水仙在短暂的盛开之后真的只剩下残败与凋零？今日的绽放不会在秋天结出别样的果实？惊喜与爱慕的同时，隐隐有一种不安与歉疚。一年，两年，三年……年年种下水仙，他满怀憧憬与爱恋种下的我就没有收获么？似乎到今天才懂得，爱情也需要播种，我在不知不觉中收获。

　　再次俯身，贪婪地吮吸着水仙的芬芳，先前的惆怅豁然松开。我默默注视着这素洁的花朵，轻轻地向她道谢。就像培育花朵，平淡的婚姻与家庭里，爱情无需言语，宁静致远，平平淡淡，付出就是幸福。

　　然后，我肃然站立，双手合十，虔诚祈祷：这世间所有的美好，都不要急急落幕。花开花谢，花开花又谢，如瑞雪轻轻在山涧飘落。无邪的水仙就是生活的样子，花谢的声音就是爱情的种子。

——原载《重庆晚报》，2020年4月13日

齐哥的世俗生活

　　齐哥是我爱人，是上世纪通过高考改变命运的幸运儿之一。他大学所学专业是马列主义，他在口头上也标榜自己是坚定不移的唯物主义者。但看他为人处世的动静，又不像以实用与实利作为唯一衡量的标准。他满脑子的吃吃喝喝，与一般的解馋解温饱也有所不同。所以，在我看来，他满足于吃吃喝喝的世俗是上升到了一定层面的。

　　像他去世多年的父亲，齐哥好喝酒。他讨厌他父亲喝起酒来不知天高地厚，半斤慢慢抿，八两也无碍，一斤也能吞。但是不管是半斤八两还是一斤，吞下肚去就醉得丑态百出，走路左脚敲右脚，说话打噜苏，把野地的草丛当自家的床铺。讨厌归讨厌，其实齐哥喝了酒以后品相也好不到哪里去。"夜饮东坡醒复醉，归来仿佛三更。"说的也像是齐哥。三更回来也不闲着，逗狗，牵着狗到街上去溜达，像牵着情侣。遛完狗后用洁厕精洗蹲便槽，一边洗一边歪着嘴骂人。洗完便槽骂完人后看电视。体育频道刚打开，屏幕上影像和声音还没出来，人已倒在沙发上鼾声如雷。在好喝这个问题上，在他的七八个兄弟姊妹中，他是继承祖上基因最好的一个。不过要说能喝，他真不及他父亲的二分之一。"他那酒量，"我那号称堂堂农庆村一社四大金刚之一的幺叔曾掐着指头细算再摇头叹息过，"他那酒量，倒是好战，声势大，不过三板斧。"

喝酒看人品。好战也是好名声。程咬金的三板斧是"劈脑袋""鬼剔牙""掏耳朵"，说的是斧头技法。齐哥的三板斧"东风吹""战鼓擂""壮士瘫"，讲的是喝酒的状态。别人喝酒是察言观色审时度势，端着酒杯的手在酒桌上抖着机灵，能不喝就不喝，能少喝就少喝。齐哥的表现是很主动很激动，不需要任何人的撺掇或激将，大显身手，大刀阔斧，主动举杯碰杯，频频干杯亮杯，喝得快，喝得爽。不管白酒还是啤酒，斟满杯又斟满杯，干一杯又干一杯，英雄气在酒杯里驰骋。三下五除二，哦豁，别人没事，自己先趴下。为着他的健康，劝他悠着点儿喝。他说忌讳那么多干什么，人来到世间一辈子也就是耍一场后一缕青烟到云霄。

无酒不成局。喝酒是为了开心。名声打出去了，知道齐哥的人，都喜欢约他喝酒。连我的同学邀约聚会，都会请他务必参加。还明确向我表态："你可以不来，齐哥一定要来。"两三年前，我的中学同班同学还意兴阑珊地讨论过，要不要把这位有趣的学长纳入我们班级的正式编制。讨论没有了下文，齐哥却堂而皇之躺进了我们的班级微信群。

会不会喝酒是齐哥评判人好耍与否的标准，也决定了他与人是否深入交往，以及关系的亲疏远近。娘家有两人是他的酒逢知己，幺叔和姨叔。幺叔是父亲的小兄弟，全职农民。姨叔是木匠，母亲的妹夫，家在城郊，好喝也能喝。齐哥与他俩特别投缘。与一般亲戚的走动局限于逢年过节的礼数不同，任何时候想起，他们会彼此电话邀约。杯里琥珀般的酒就是豪情不绝的衷肠。

爱喝酒的人，多少热爱厨艺。齐哥更是把这样的热爱发挥到极致。家常点儿的丝瓜肉片、凉拌豆干、泡椒牛肉丝、臊子面、麻辣豆腐等都是他做得炉火纯青的拿手好菜。鸡菌子猪腰子要切成花，牛肉须切成丝，回锅肉要切得薄而透亮，沾水南瓜一定要到老不嫩刚刚好。所需要配料诸如姜葱蒜切成丝还是切成片，蒜瓣用刀刃切用刀背砸还是用刀身拍，用熟猪油花生油菜籽油还是混合油，用海鲜酱油还是生抽，用生花椒、干花椒还是花椒油，干花椒直接下油锅还是碾成粉面等起锅后再直接洒在盘里，他都有自己严格的一套章法。

"吃舒服了"是他餐必放下筷子的口头禅。他专攻红案，有几样自以为拿得出手的渝西中式大菜：姜爆鸭子、芋儿烧鸡、酸菜鱼。我与儿子都喜欢吃鱼，餐桌上的鱼食谱丰富多彩，各具滋味：炸黄鱼、豆腐鱼、番茄鱼、剁椒鱼头……好吃又好看的莫过于齐哥做的家常鲫鱼，汤汁浓而不腻，身上撒着橙色的胡萝卜丝和绿薄荷叶，酸酸甜甜，鲜嫩清香。当然比较起他更得心应手的酸菜鱼，家常鲫鱼可就是小巫了。

始于重庆江津江村渔船的酸菜鱼是享誉祖国南北的经典名菜，特有的调味和烹调技法，口味酸辣可口，可谓家喻户晓。齐哥的酸菜鱼不是他们家族的独门绝技，而是他的偷师学艺。

二十年前白沙镇麻柳湾社区有一家著名的鱼馆叫"九哥鱼馆"。不在闹市区，面积不大，也不讲究装潢，屋檐下算是半露天的后厨，大堂只能摆下几张木桌子的小鱼馆。鱼馆本没有招牌。主厨的就是店家，姓甚名谁也不清楚，只知道他在家中排行老九，人称"九哥"。又因为他煮的酸菜鱼确实好吃，鱼汤不浑不腻，鱼肉细腻嫩滑，酸菜清脆爽口，"九哥鱼馆"日渐响亮，不光白沙人，下至几江，上至合江，很多食客慕名而往。

偶尔去"九哥鱼馆"改善伙食，朋友们都围坐在简陋的桌子旁侃大山，唯独齐哥溜到后厨看九哥煮鱼。之后他会亲自尝试，像九哥一样切鱼片，像九哥一样码料酒调作料，像九哥一样拿捏火候。成品上餐桌，浸入鼻息的酸辣味儿就馋死人。小勺拨开面上的红油与葱花，红艳艳的辣椒、白嫩嫩的鱼肉诱人胃口。齐哥喝汤也吃鱼，一边喝一边吃一边总结，咸了淡了，麻了辣了，鱼片薄了厚了，关火晚了早了……

至于姜爆鸭子算是他无师自通琢磨出来的。整鸭连皮带骨宰成大块大块的，放进烧热的油锅，加盐、花椒、料酒，翻炒至五层熟（或许是三层，也说不定是七层），加水，水要漫过肉。先猛火至肉锅沸腾，然后文火慢炖。待水干了，加酱油上色，加切成片的仔姜、青辣椒和白蒜，再翻炒至作料熟，起锅上桌。这道菜，耗时长，青椒、仔姜、肉块都泛着酱色的写意的光泽。只消轻轻一咬，即肉骨分离，麻辣咸糯鲜香，连骨头都滋味多元劲道，犹如生活里的多重内涵。四海八荒来家里吃过的亲友都赞不绝口。当然，齐哥也很自豪，有人有客来家时总爱露一手。如果他手痒了，或者是酒瘾犯了，或者是太急于让更多人知道他的独门绝活，请客不成，他会急于带着食材上门送厨服务。待他忙活完了坐上桌，朋友们挑着大拇指说好吃。他夹着箸子，端起倒满酒的透明玻璃酒杯，眯缝着眼，呷一口酒陶醉，以掩盖他内心被夸赞厨艺堪比大厨的波涛汹涌。

也不是瞎吹，我吃过沸水汆过后再敷衍翻炒的仔姜鸭，还是那些佐料，总觉得味道太单薄。

芋儿烧鸡他是怎么会的我真不清楚。只知道需要鸡，需要某个品牌的"烧鸡公"，和在水里长大的嫩滑芋头。工序并不复杂。我儿子尤其喜欢这道菜。我一个同学来家里来吃过一次，芋儿和鸡肉都吃得太多，撑得在沙发上搂着肚子滚来滚去喊"肚子痛"。至于他爆炒腰花、爆炒肚头时颠锅的动作，是哪个时候学会的我也不会清楚。那个技术性太强了，左手边的锅倒是颠起来了，右手边的勺配合得好像还差点火候。我笑话他。他却不以为然，依旧乐在其中，像表演杂技。

他乐意下厨，能做出好吃的菜肴是他的最大追求，尤其在乎食客的赞赏。作为第一顺序亲属，近水楼台先得月，自然也是拥泵第一人。他把我的表扬当成了金科玉律。这么些年，一直在减肥路上，体重却一直居高不下，他有百分之九十九的责任。我当亲友面说过一次他做的仔姜爆鸭好吃，之后他就爱买鲜鸭宰杀好了往冰箱里塞。最多的时候，竟然一次冻了七只鸭子。前面提到的那位喜欢他做的芋儿鸡的同学，不过是表现有点夸张。之后只要一做那道菜，他必然会念叨："什么时候请汤二妹来家里吃芋儿鸡。"这一念叨就是十几年。汤二妹就是我那位同学的小名。每逢相见，汤二妹必提芋儿鸡："齐哥，什么时候再请我吃你亲手做的芋儿鸡？"因一道菜，多一份情趣，多一份念想，增一份情谊。为此，还真不得不佩服齐哥的人生很成功。

柴米油盐酱醋，实在是爱的表达。还别说，仅有的几样大菜足够他行走江湖。逢年过节走亲访友，走到哪里齐哥都很受欢迎。因为，他爱往厨房里钻。而对饮食不讲究不挑剔的我，总被他笑话不懂生活。老人从小教我们放下筷子，要说吃饱了。唯独齐哥屁股挪开餐桌说的一定是"吃舒服了"。显然"吃舒服了"比"吃饱了"更有品位，简直把所有吃食的色香味品相包揽完全了。这说法也讨下厨的人欢喜，试问哪个厨师不希望自己辛辛苦苦做出的菜肴不被喜欢？

齐哥不在的时候我一个人在家吃得简单，有人来串门我望冰箱里的冷冻货兴叹。他尝试着挖掘我的巧妇之光。培训从切工开始，切萝卜丝，切藕片，切葱切蒜切泡海椒。刀在我手下根本不听使唤，切的丝太粗，切的片太厚，切的葱蒜也不是他要求的长短。更有违背他的意志，诸如把丝儿切成了片把段儿切成丁儿的低级失误，他会认为这是对神圣食物的亵渎。而我几番努力，技术怎么也得不到长进，索性扔下菜刀耍赖。他最终失望放弃："没见过那么笨的人，就是看几十年也会了。"

虽然切工不咋样，他做厨时依然不喜欢我闲着，吩咐我做技术含量不重的择菜洗菜递碗洗锅等碎活儿。偏偏我是喜欢挑战的人，培训段位越是降低，我就越没有兴趣。还好，洗衣台就在厨房里，洗洗刷刷是我的强项。他做厨的时候，我就洗衣服洗床单洗毛巾洗拖把，今天这样明天那样。他有无休无止的美食料理，我也有洗不完的衣被细软。这一招屡试不爽。他再也不使唤我拿芡粉或者打开酱油醋瓶盖啥的，非要我帮忙的无非是帮他把围裙挂在脖子上，挂上就行，也不用在腰上打结，任凭一块白肚兜吊在他脖子上晃来晃去。若是盛夏则是另一种景致，油蒸火炙的厨房里，他赤膊上阵，挥汗如雨。久而久之，我也琢磨出门道来了，一个人在厨房里忙碌也寂寞。他无非是希望寂寞时有个伴儿陪着他。

他曾经满心希望自己的一手好功夫后继有人。可是儿子是拜小红书为师的新新人类，不屑他那一套过时的路子。曲高和寡，不只是曲调高雅没人唱和，行行不也如此？

不过，我觉得这样很好，分工合作，配合默契。毕竟，我们学校那种单位里那么几大千师生吃饭，也不是所有人都去围着灶台转，何况家庭这样的社会小细胞呢？水哗哗，洗刷刷，洗菜剁菜与锅碗瓢盆的混响，油锅里在冒滋滋声，铁铲与锅底脆生生碰撞，煤气灶燃火的霍霍声，炖锅里在咕噜咕噜地冒着泡……我们家厨房里实在是实用和精神的双重交响，既承载着一个家庭热气腾腾的图腾，又含有夫唱妇随、比翼双飞诸多美好的象征。寻常人家的寻常日子，不外乎吃饭穿衣。有一个一心为家人做好菜的人，沉淀的岁月有了美食的质地，平淡有了依托，他的意义就不寻常。深究起来，日常的幸福，就躲在锅碗盘盏里。

齐哥爱养花。城南有个花市，他是那里的常客，对各家店里的花草种类和价格也如数家珍。去逛一次，定会拎几盆回家来。玫瑰、兰花、海棠、石榴，全都是带着花苞儿。家里并不宽敞，他把家里所有能搁下花盆的地方都当成了田间地头，厨房阳台、客厅茶几都挤满了绿植盆栽。唯一的缺陷是布局粗糙，毫无设计感。他却知足地在簇开的火红的海棠、淡蓝的绣球花丛中，展开他钟情的厨艺，端起他心爱的酒杯。要说他养花的技术可不如酒品和厨艺那么声名显赫。他种的花，夭折的多，存活的少，依然阻止不了他乐此不疲地往家里搬新的盆栽，以至于闲置的花盆越来越多。于是，他又多了一项园艺，找肥泥墙泥，往空盆里培土，栽种新的花株。

他养过一盆米兰，是他向一位园丁朋友开口索要的。米兰请进来时正开着花，花枝花叶碧绿玲珑，花朵小巧、洁白芬芳，煞是可人。为了养好它，齐哥去酒作坊讨来酒饼，兑成水做肥料，还买了一把做工精致的翠绿色的洒水壶。可是这花太金贵了，不耐寒，眼睁睁地看着它在那个冬天叶子一片一片掉落，后来花枝也在齐哥惋惜的目光里枯死了。

他研究花花草草不如研究吃食那么走心，来自于道听途说的一知半解，也没有取得骄人的成绩。他最有心得的莫过于养水仙花。与在年关钟情做腊肉香肠一样，种水仙也是一个仪式。他认为年花簇拥一室春景才叫过年。年年养，熟能生巧，也就体现出一定的艺术水准来。还没进冬月，他就买来水仙球，小心剥掉裹在外面的那层干叶子，再很费心思地把雪白的球茎放进盛满清水的平底青花瓷盆里，再放进从江边捡来的好看的鹅卵石。他殷勤地换水，用心地修剪枯黄的老叶，那份天然的亲切，内心祥和如刚入世的孩童般，虔诚地等候一粒粒雪白的水仙球在漾漾水波里。在可爱的卵石间，发芽，长高，郁郁葱葱，开出玲珑的黄蕊白瓣的花朵。馥郁的香气，满屋子都是。除夕看春晚，他啧啧赞叹的不是主持阵容，也不是祥和的流光与欢腾的声浪，而是镜头里千百盆盛开的水仙。

百合也是一种我们家的图腾或者说是季节礼仪必需之品。百合也是一种娇贵的花，对土壤、温度、光照、湿度都有严格的要求，自然也需要细心地呵护。为此，每逢仲春时节，他会把长着青绿饱满花骨朵的百合花搬进家里。并且，一次搬回家的不止一盆，至少都是三五盆，一字排开地摆放在客厅茶几与电视柜中间。他爱看电视。人躺在沙发上，看球赛，看肥皂剧，看综艺大观，视线要穿过那挺拔苍翠的水仙丛林再到屏幕，声音与图像在百合优雅洒脱的叶片后面影影绰绰。不用身临其境，仅仅想到这幅情景都感觉滑稽。可他不以为然。待到青剑一样的花骨朵齐刷刷地绽放，屏幕前像站着一排含笑的百合花仙子，洁白的身姿舒展摇曳晃晃悠悠，散发着淡淡的幽香。他鼓掌，喝彩，也不知道是为电视还是为百合花。总之，荧屏内外都很精彩。"你如一棵在红尘中微笑的百合，散发着淡淡的幽香。这种幽香包围着我，让我凡俗的心逐渐远离尘嚣。"这是我的QQ签名，十八年了一直没有更改。原来，百合关乎爱。

他爱养盆栽的花，还爱买花插瓶。寒冬买腊梅，初夏买栀子花，插花的花瓶就是他喝完酒以后留下的奇形怪状的酒瓶。甭管腊梅还是栀子，他不是一束一束地买，而是一堆一堆地买。茶几上一束，餐桌上一束，卧室床头柜上一束，客厅阳台上一束。有时，实在是太多了，连厨房的案板与厕所的窗台上也摆着鲜花。

我敢说，花儿就是爱人寄托灵魂的所在。我爱花，可是更多的是把花当成一种适意的修饰，就像紫色窗帘上的几小朵白花，不要太多。又像头发上的一个水晶发卡，一个就够了。他爱花，是要有一个铺张的花园，满屋生翠，活色生香。

但是我从来没有指责过他。爱花，是齐哥表现最突出最纯粹的精神性。

因为，我喜欢花，尤其是意蕴丰厚的带香的花。我没特意对他说过。他也没说过他知道。他是在为我养花，为我插花。我宁愿相信，花语是他爱情的暗语。

早年在农村学校，硬件设施差，住宿条件简陋且拥挤。两排一楼一底的泥瓦土墙房子，原生态土墙、黑瓦、木板楼，未经任何雕饰，一东一西对峙矗立。泥墙隔断的房间是单身老师们的宿舍，标准的八平方，一张床和一张书桌摆下，再没有多余的地方。厨房是公用的，阴暗潮湿，在南面端头，平房，泥土地面坑坑洼洼，出入的门洞处能透进不多的自然光。此外，屋顶中央吊着一盏电灯泡，整日发着昏黄的光。屋中间一张类似于乒乓台的水泥台子，既是案板也是桌台。台子中间堆满了各家的碗盏瓢盆，和透网纱窗盖好的剩菜剩饭。台子四周则摆满了蜂窝煤炉子、盛水的塑料大桶、装满蔬菜的竹筐等。

这么简陋的厨房餐厅，学校的老教师居然爱相携相扶着来串门。有一个叫女老师姓宋，最爱在吃饭时莅临，近距离站在我们面前，一边看我们吃饭，一边说些七零八碎的闲话。她说："看他们吃饭那个香，叫人羡慕。""吃嘛嘛香，身体倍棒。"这一句经典的广告台词，我怀疑是她那个时候就创作好的。

一开始，老师们都住底楼。单身老师陆续成家，学校生源增多，办学规模壮大，老师也在增加。楼上也被开辟出来做了老师们的宿舍。校医滋阳和教电子的国荣就被安排在楼上。楼梯口就在我们房间门口。他们喜欢顺道跨进屋来看电视聊天。齐哥与他们两个一见如故，竟然不嫌麻烦果断决定把厨房搬到楼上与他们扎堆。楼上有电不通水，他搬米搬油、提水上楼、搬蜂窝煤灶，踩得木板楼梯邦邦作响，还特意买了一张橘黄色的木方桌摆在公共空间正中央。

三个女人一台戏，三个男人戏更丰。课余生活丰富多彩起来：围坐桌子打甩二升级、再逮一个伙伴围坐一桌打双Q、宿舍楼后面操场打篮球都是经常性的娱乐。喝酒则是每天必须的功课。国荣的家属在白沙，他周末才回家。滋阳才从学校毕业，愣头青一个，本滴酒不沾，在那张木方桌上，硬被齐哥和国荣培养成海量。由此，他尊称齐哥为大老师，国荣为二老师。

乡下生活条件差，三天赶一场买一次菜。自从厨房搬到了楼上，餐桌上增加了人口以后，齐哥俨然是一大家之主，赶场刻意多买一些菜。他从不考虑吃亏不吃亏。他有计划，那就是这一场为大家煮点什么好吃的下酒菜。对朋友太慷慨，我又放任大度，一度让我的娘家人担心我们会存不起钱财发不起家。

齐哥至情至善的精神光辉自带遗传基因。儿子已经四岁了，我们家已经搬到了单元套房好几年。有一天，齐哥买回来一只老鸭子，准备炖老鸭海带汤。不用安排，儿子立即跑到阳台上，吼着隔壁单元他幼儿园的好朋友黎融凡："我们家今天吃老鸭汤，你中午就过来嘛。"儿子十二岁生日时正上初一，蛋糕不要，礼物不要，只要他自己做主请一回客。他安排的吃火锅，一张桌子挤挤攘攘坐了十几个意气风发的同学少年。餐必回家，儿子直嚷嚷："太饿了，太饿了。"一问缘由，得知他一顿饭都忙着点菜拿水去了，根本没顾得上自己的吃喝。齐哥呵呵笑着说："儿子，这种局面是因为你们没有喝酒，都顾着吃菜去了。"

这就是齐哥，他专注当下，寻常至极中流淌着美食、美酒、鲜花与情谊。时光在齐哥眼里很美妙，他从不思考生活的沉重与否。他确实是很世俗的。但他热衷真实的生活，从不辜负人间烟火最本真的色彩和乐趣。生活本身就是意义。我热衷编织美丽的文字，编织与创作也是真实。他创造生活，我也创造生活。我的真实与创造得益于他的专注与热衷。勿需褒贬评议，我有我的哲学和审美的眼光，他有他呈现热爱的方式。面对良善的热爱，任何话语形态都很苍白。说到底，这是我们至情至性的生活。

流水之思

　　我对水流声很敏感。在我脑海里留存的童年记忆，多半与水流有关。我是在噼噼啪啪的捣衣声中，在鸭子和鹅的轧轧叫声中，在哗啦哗啦、轰隆轰隆的流水声中长大的。我家门前就有一条小河沟，一想起它，清清亮亮的水、雪白翻腾的波、沉寂的黑石头、黑石头底下的螃蟹、随波逐流的鱼虾、干净的青荇、妖娆的水草、啁啾斜飞过河床的雀鸟就历历在目。河沟的水是从山腰间的水库里流出来的。我家在山脚，背面是山，对面也是山，就在河沟的源头处。水从水库的闸阀里流出来，静静地漫过我家稻田靠山一边的沟渠后居高临下从一块红岩石上陡然下落，形成一个垂直近十米的落差，一道天然的瀑布就异常壮观地四季喧腾，哗啦哗啦，哗啦哗啦，哗啦啦……流水经过我父亲种的竹林后转入汩汩地闷响，经过一层又一层的田野、绕过一座又一座的山川和村庄，一路向北，汇入长江。

　　那个哗哗的流水声一年四季不停歇，陪伴了我整个童年。枯水季节，水流轻缓，声音也很舒缓轻柔，像女声温婉的清唱，像黄莺清脆的嘀哩。夏天涨水，为防止水库溃堤，闸阀泄洪口开得最大最满，水声也又大又急，水珠四溅蹦跳着，女声和黄莺的嘀哩换成了男声的黄河大合唱，哗哗、哗哗……哗啦啦，哗啦啦；轰轰、轰轰……轰隆隆、轰隆隆……

悦耳清新的水声陪伴着我。尤其在幽静的有月色透进木窗格的夜晚，水声滋长了我的幻想。临睡时，我睁大眼睛注视着窗外，聆听着水声的节拍，想象着月色下芭蕉叶长长的影子、绿黑的青岗林里长着苔藓和蘑菇的山的影子、圆形麦秸垛上蜷成一团的狗的影子，想象着月亮将一座座山、一片片原野照耀得如同白昼，想象着流水撩起的风从草叶间穿过，从田埂上串串紫色风铃长而直的花梗上穿过。真正有风的夜晚，风声混合着水声，一阵强一阵弱的，像海潮撞击海岸的声音。我的心就像起伏的波浪有节奏地呼吸，潮水一般跌落，荡起，跌落，荡起……我用幻想去弥补生活中的不幸和未知的空白，用幻想扇动着蔚蓝色的翅膀，在幻想中突破着令自己自豪与喜悦的极限，从来不曾有过孤寂与害怕。

早晨的第一缕晨曦透进窗户，还在睡梦中，首先是湿润润的流水声把耳朵叫醒。欣欣然睁开眼睛，金子般的阳光洒落在床前，于是一整天都是在清脆悦耳清清亮亮中度过。流水让我的童年没有闲度，很多时刻实在令人难忘。

起床不算迟，可是勤劳的祖母早就坐在屋檐下纳鞋底了。灰白的发髻，银色的头簪，一身中式斜襟上衣，像一尊雕像在晨曦中闪闪发光。还有起得更早的人，父亲已经挑着粪泥到坡地里两个来回了。远远的，在扬花的玉米地里隐约露出头脸的男人，在带刺的青花椒林里翻枝剪叶的女人，在东边屋子里传出了孩童的响声朗读，都是乡里乡亲。

"刘四娘早！"正遐思着，隔壁罗家二婶像一朵含笑的花站在祖母面前。她端给祖母一碗冒着热气的汤圆鸡蛋，新鲜的荷叶被撕碎了撒在汤面上，芬芳饱满，香甜馥郁。

祖母双手接过，含笑领受，一句多余的话也没有说。在那样的一个时刻里，如花的笑容，明亮的晨曦，宁静的水声，山林吹过来的柔风，还有那覆盖着荷叶清香的汤圆鸡蛋带给我的欢喜，所有的一切都是自然的，无价的。哗哗的流水所裹挟的乡土和民间文化，哺育着我的身心，我从中学会了思索。单纯而丰富的世界赋予我心向善向上的光芒。

哗啦哗啦，哗啦哗啦，哗啦啦……这样的水声一直不断地在我的生命里出现，在每个难忘的瞬间，都会猛然从一块红岩石上陡然下落。既便与童年的流水声不相干，我也倍觉亲切。在油溪镇金刚村菩提书院题写着"上善若水"的门匾里，有一道水帘垂直从墙上落下，清透、光滑、潺潺不绝。前不久，在那里听会，我好几次探头往外看，哗啦哗啦的水流声总让我禁不住分神。水流汤汤，绵延不绝，生机勃勃。在峨眉山的"虎溪听泉"，在白沙东华古街的流水寺，在记不得名字的农家小院里，我路过时都驻足细细地聆听过、分辨过、铭记过。我总觉得似曾相识，非常熟悉，一样的静，一样的清，一样的活泼蹦跳。恍惚中我依然是那个神思漫游的少年，然后躲不过淡然一笑，挥手再见，加劲儿赶路。

水流水声对我的价值绝非自然意义的。大人不懂得什么是"早期教育"，什么是"不要输在起跑线上"，我就像那条原始的水流，自顾自地奔腾向远方。它像我的另一位温情的母亲，另一位慈爱的祖母，盘踞在我的心灵空间，塑造着我的性格，雕琢着我的脾气，影响着我的价值观，占据着我美学情调的内核。

水性至柔，柔情似水。水流没有固定的形态，有山石阻挡，不加理会，更不会与之计较，自顾改变自己的形态潺潺绕过，继续前行。水性至刚，水滴石穿。一滴水力量微小，长年累月持之以恒能把石头滴穿。水是生命之源，或无色透明，或蓝色纯净，是我们所生存的这个星球的基色，朴素、澄明、温暖，善利万物而不争，上善若水。光阴似水，一刹那就过去了，流过面前的水永远是崭新的一拨儿，转瞬又是过去。我的性格里有随和有坚韧，我不曾拧住不放地仇恨过往，我珍惜生命中的每一件人事，我对世界充满好奇，以及发自肺腑的感恩，是灵动的水流赋予我的灵气。我把舞文弄墨的梦想变成现实，多亏了童年的水声与幻想丰富着我的题材，湿润着我深深浅浅、云淡烟浓的故事。

——原载《长春日报》，2020年12月2日

　　在乡野长大，却多年未曾见过荷花。想不起来乡村老家的哪一方田塘种着荷花，认识她，是从"出淤泥而不染"这句诗开始的。是蹦蹦跳跳的年纪，差不多是得到那句诗的同一时期，舅妈家吱吱旋转的老式唱片里反复播唱着好听的"采红菱"，于是想当然地认为划着船儿去采的红菱就是出淤泥而不染的荷花。

　　缺乏直观感性的认知，从诗句里的初识，也只是从语序里联想到的衍生义。生长在淤泥中而不被污泥所污染，比喻从污俗的环境中走出来，却能保持纯真的品质而不沾染坏习气。纯粹概念的语言，没有美感的形象，更谈不上倾注了我的感情。我承认她的高洁。只是荷花是荷花，我是我。我们彼此不认识。

　　后来，读书见多，《乐府诗集》里的《江南》让我心中的荷花丰满活跃起来：江南可采莲，莲叶何田田。而周敦颐笔下的荷花，更加形象，"中通外直，不蔓不枝，香远益清，亭亭净植"，联想采莲人在湖中泛舟往来嬉戏。船儿在莲叶间穿梭，鱼儿在水中追逐，欢乐的人儿鱼儿，碧绿芬芳的莲儿，粉艳艳的花儿，纷繁的形象、人声水声、馥郁的香气组合成了生机勃勃的一幅画。不见荷花，已闻其香。依然仍是由文字汇成的远景，但荷花在我心中活了。

一定是如此的，美好的文字就有有这样的魅力。朱自清的《荷塘月色》耳熟能详。曲曲折折的荷塘、田田的叶子、零星点缀着的红的白的花、微风送来缕缕清香、荷叶与花的丝丝颤动、脉脉的流水、静静的月光、薄薄的青雾……那是另一种景致，另一种风情。

荷花，亭亭玉立于很多人青春的梦想与回忆中。

说出来不怕被人笑话，第一次见到荷花是我恋爱以后。那个夏天，在后来成为我丈夫的男友家里。他家一长排泥墙草屋背后有一个池塘，像自然天成的荷花大盆景让人惊艳。池塘圆圆。荷叶圆圆，大的舒展开来，小的裹成尖儿，密密匝匝，高高低低，挨挨挤挤。粉红的荷花从荷叶中间冒出来，这里一朵，那里一朵。全开的，含苞欲放的，花骨朵的，各有各的姿态，像出水的仙子，像一盏盏花灯，自田田复田田的莲叶间托起，辉映着蓝天白云。我惊叹她们的风情万种。我在塘埂上久久伫立。与男友一起脱了鞋卷起裤管蹚进水中。塘底紫褐色的软泥一踩一个坑，深一个浅一个的，吭哧吭哧地搔痒了我们的脚心。我们钻进荷叶丛里贪婪地吮吸着带着微甜的清新气息。我们用手捧起水抛洒向空中，让水珠淋淋漓漓淅淅沥沥地打在荷叶上，再轻轻触碰荷杆，看无数细小的水珠在荷盘上滚来滚去，最后凝成一大颗银光闪闪的珍珠。悬在嫩叶尖上的水珠，一半无色透明，一半呈现翠绿的颜色。水珠往下坠，变成了水滴，叶片向下弯曲，水滴倏忽坠落到塘里。我们弓着腰仰着头，被滚落的水珠淋了一身，像两尾淘气的鱼。鱼戏莲叶间。莲叶田田，万籁俱寂，如诗如画。

那是第一次去男友家。之前，亲友极力反对与他恋爱。我与家人闹得不可开交。他们的理由现实充分又合情合境：鲤鱼一跃跳龙门，金鹏展翅上瑶池。婚姻是女人第二次重生。爱情算啥？决定一生幸福的是钱财，是物质。好不容易跳出农门，怎么又傻傻地嫁回到农村去呢？得承认，彼时，爱情婚姻就应该注重物质现实的言论初见端倪且有甚嚣尘上之势，挑战着我自小耳濡目染接受到的重感情重人品的婚恋价值观。有同事姐姐似乎看透了我的心思，也担忧年轻人的眼睛容易被执念的雾霭蒙住，好心又郑重地提醒我：婚姻不是儿戏，那是一辈子的大事。不看家庭也看人品吧？龙生龙子，虎生虎儿。要了解他的人品，得大大方方去了解他的父母家人。

多亏那位好心的同事姐姐，她以丰富的阅历给予了我精神上的支持。好一个大大方方，这是一个好主意，破解了我未得到父母点头应允之前女孩不得贸然去男友家里的训诫。在犹疑不决时别被世俗压力所制约，大大方方走近一些，主动权就掌握在自己手里。任何一个恋爱中的女孩，只要将眼光投向未来，没有一个不是把握不准忐忑不安的。放弃吗？他又对我很好；就这样嫁了吗？心里确实又没底。乡村自古有"访人户"一说，由媒人或者长辈出面，既看家中宝，也看门前草，既问阴阳八卦，也问近邻远亲。这是信息流通不畅的农耕时代最奏效的做法，但是永远不过时，类似于今天的调研。可是我们是自由恋爱，没有哪一家的姑娘是自己去访的啊。传出去，这是多愁嫁啊？简简单单一句提醒，从各个方面来看都是好主意，既考虑到了一个幼稚女孩儿羞涩扭捏的问题，也考虑到了复杂的社会眼光以及可能由此带来的恶劣后果。我善感的心被勇气占领。

那天，他的嫂子热情地张罗了丰盛菜肴，自家种的新鲜疏菜，自家养的鸡鸭，各种炖炒，堆得满满的一大桌。饭后，他的长哥蹲在坝子边默默打理着一大篓子火葱。鳞茎已洗得白白净净，正在把干瘪的黄叶一片片掐掉。他说是要去赶集。细心的样子怎么看也不像去赶集，倒像是为厨房准备着作料下锅。顿生好感，只有厚道朴实的人家，卖根葱也体恤着别人的心情。他们一家人表情相似，质朴中带着沉静。

男友说，自他母亲在世时他们家就年年种荷，荷花年年绽放。在他十四岁那年，她的母亲被查出了乳腺癌。因为舍不得一百块钱的手术费，一拖再拖，导致病情恶化，五十来岁就魂归天国。那是几十年前，对一个生养着七八个子女的农村大家庭来说，填饱数十口人的肚子都是问题，一百块钱无疑是遥不可及的天文数字。

男友在兄弟姊妹中排行老八，他还有一个弟弟老九。就在他的母亲病危临终前，他父亲的妹妹，在贵阳水电部门工作的三姑回来，受他母亲委托将九岁的老九领养走了。为了安慰他母亲，她允诺等把老九抚养成人成才了就给她带回来。他的三姑是上世纪五十年代靠读书改变命运的为数不多的幸运者之一，中专毕业后分配到贵阳水电部门工作，与一位高大英俊的上海同事自由恋爱结为伉俪。她自己尚有三个幼小的女儿，从娘家一下子又带去淘气的一个，四个娃嗷嗷待哺，生活的艰辛可想而知。所幸，三姑的上海夫君以他宽厚的肩膀为她和孩子们撑起了一片晴空。他用坚定的眼神教孩子们学会什么是责任，用嘴角扬起的微笑告诉孩子们什么叫做父爱。不管是不是自己给予的生命，对待他们一视同仁，给每一个孩子满满的安全感，教他们学会振翅飞翔，静静地看着他们一个个飞高飞远，飞向北京，飞往上海，飞向深圳。开枝散叶，如同莲叶田田。

故事是嫂子告诉我的，美丽，质朴，动人。三姑这一去再回来，已经是三十年后。我已经是他们家老八的媳妇。时年我的儿子已经十岁了。也许真有命运这种东西，让我的爱情与婚姻早就被符咒规定。事实上我不相信命运，我相信冥冥之中的某种未知的力量。物质抑或精神，价值抑或信仰，我坚定我的选择。那个多年前蓝天下荷塘边爱恋的女孩，与慈爱宽厚的三姑一样，她选择了接纳荷塘蓄积的审美。我把我的一生托付给了那一池清香的荷。我以为，在茅草屋后种着一池青荷，还让荷花绽放招摇的人家能够让我的幸福像欢喜的音符盛放其中。

是在夏天，三姑带着一大家子回来寻宗觅祖了，她的上海夫君杨叔和四个已成家立业的孩子。那是我第一次见到被夫君一家人念叨过无数次的他们。

三姑将老九带到夫君母亲的坟前，三十年厚重绵长震撼心灵的宏篇巨著，化为了语调平静饱含深情的话语，她说："嫂子，带老九离开那天，你带着老八送我们到码头，看着我们过河。怕你难受，我不敢回头，也不让老九回头。担心老九舍不得娘，给他买了一袋江津荷花米花糖，就是炒米做的，有花生有核桃，很甜的家乡味儿。在火车上一宿，他把一袋都吃完了，整整十块耶。看着他呆了傻了，不说不动的，我真的被吓住了。还想着万一有个三长两短，我对不起嫂子的嘱托啊。后来才知道他是吃得太多了，被撑住了……嫂子，我兑现了当初的承诺，把老九养大成人给你带回来了。"三姑在前，当爹当娘当爷爷奶奶的晚辈们跪在她身后，双手合十泪光滢滢。每个人心底都汪着一片海，海里波涛翻滚，轮回着共同的记忆和感恩。

"老九擅长田径，短跑长跑都是能手。"顿了顿，三姑回过头来看看大家，又笑着说，"有一年，他从学校开完运动会回来。好家伙，勃颈上挂着三块金牌。一家人表扬他。他很谦虚，说'哎呀，我除了弯道和直线跑得好，其他都不怎么样。'几个姐姐反应快，说到：'你这是谦虚吗？这跑步不是只有弯道和直道吗？'"三姑大笑起来，前仰后合，爽朗的笑声打破了坟前的严肃静穆。她想用笑声打破沉寂。她的眼里没有负重，唯有欣慰。三姑就是一朵出水的芙蓉。果然，晚辈们大笑不已。在纯净又纯粹的笑声里，温暖又沉静的泪水自海里涌出，自脸庞滚落，串成珍珠，晶莹剔透，如清香的荷叶上滚落的水珠。

三姑很喜欢那一池灿烂的荷花。她说还在少女时池塘就是这样，现在依然没变。她看着看着就激动起来，满脸通红，满是皱纹的双手抚摸着荷叶微微地颤抖。荷叶叶脉的纹路粗粗细细，弯弯直直，镶嵌在薄薄的碧绿圆盘间，正如她默默走过的那些善良的、刚毅的、执着的路。

夜晚，三姑坚持要到荷塘边纳凉。她摇着老蒲扇，唠着温馨的旧事。湿润润的水草窝旁，片片蛙鸣划破星空下的乡村暮色，萦绕回荡。三姑爱夏荷。荷塘承载着她旖旎的少女时光。她自己就是一朵静美清雅的盛开的荷。

屈指细算，这又好多年过去了。世事变迁，我的儿子也已成年。前不久有朋友告诉我，与人合伙在一个地方开发了了两百亩的农村劳动实践基地，插秧、割稻、种菜、养殖等什么都可以体验，当然也包括一些优秀的传统文化，规模宏大，可承载服务能力强，号称全国第一家。当然是好的。风日有情无处著，初回光景到桑麻。但它总缺少了点儿什么。浅尝辄止与刻骨铭心怎么能够相提并论呢？

总有一些东西是无法体验到的，那就是人气充盈、淳朴厚重、寻常日用的家风教养。

那个女孩，我，后来成为了妻子，成为了母亲，今后会成为奶奶。

别人看不见的，是她的心里始终住着一池芬芳馥郁的青荷。她从未亵渎过自己坚贞、纯洁、无邪、清正的价值观。

荷塘清清。莲叶田田。

——原载《长春日报》，2023年6月1日

父亲的爱情

父亲生于1942年，是有足够的资格说"饱汉不知饿汉饥，身在福中不知福"这样的话的，也是擅长于把自己的感情掩藏起来的，与母亲，与我，与弟弟。他夙兴夜寐，耕耘种植，默默扛起养家糊口的责任却不去表达，刻板的平静替代了黏腻的亲昵。母亲在世时，他留在我心中喜形于色的慈爱有两次印象特别深刻。一次是他赶集回来，把报纸包着的几个白面馒头递给母亲时那正经的面孔漾起了天真的笑意。一次是他定定看着弟弟贪婪地吃着方便面，仰头与母亲对视的柔和的眼神里有深厚而温暖的光泽。那是上世纪80年代初，土地承包给父亲一样的农民所带来的实惠，除了不愁吃不愁穿，就是我所见到的父亲与母亲漾着笑意与温暖的亲昵之举了。那样的柔和与天真只能是对母亲。或许，连父亲自己也不知道，那就是属于他的爱情。

母亲走后第三年，秋天的一个午后，一向不爱做卫生的父亲却搁下地里的活儿，房前屋后、里里外外地整理和打扫，就连竹林里的过道也是纤尘不染。有一天早晨，在那间闲置的屋子里，父亲背对着我哼着小曲儿，躬身又起立，手里打着鼓点的高粱扫帚从一个几乎没被使用的石磨磨盘上，移到孤寂挂在泥墙的木制磨担上，蜘蛛网瞬间被破坏了，灰尘满屋子飞扬。

我呆立在门口，很多场景凝固成一幅幅具体的画面混在尘土里。是母亲操持家务劳作的身影，喂猪煮饭、抹屋扫地、洗衣叠被。一转眼母亲没了。这之后的日子依然继续，不过似乎要稀里糊涂一些。所有的家庭都是这样，母亲在，日子是正常的，干净的，欢欣的。没了母亲，生活就会蒙上尘埃。

太阳从西边升起了。我想这些打扫的事自己能够帮帮父亲，就拿着撮箕进了屋。父亲看见我，先是愣了一下，很快又转身哼着忙碌着。少顷，曲儿停了，鼓点没有停。他若无其事地说着："何二娘给你们介绍了一个嬢嬢，新店村的，28岁，就要上门了，就这两天……"

这是我第一次听说。后妈？即将上门的嬢嬢？。难怪父亲这么反常，他的话貌似无意实则酝酿了好久。与准备再婚的所有男人一样，孩子是他最大的顾虑。我没有说话，一个孩子能说什么话呢？不过心情却像雨季的河床一样波澜壮阔起来。父亲这么用心地做卫生就是为了迎接新人的到来，那么他一定是认真的。在这之前，有人牵线撮合父亲与同村一带着三个孩子的离异女人组合成家庭。父亲果断拒绝了媒人的好意。人总是有私心的，自己都有三个孩子需要偏袒，怎么可能关爱我和弟弟呢？这一次，那个嬢嬢还会带来一个八岁的儿子。有三个孩子与有一个孩子是不是不一样我不知道，但我在故事书里读到过后妈虐待孩子的故事。由此我固执地以为后母都不是好心的。像写故事一样，我把素未谋面的嬢嬢和她八岁的儿子与我和弟弟的命运连接起来。我设想了种种矛盾冲突，我听得到心底抗拒的波浪撞击岸滩的回响。我不知道何二娘是怎样的的一只手在摆布这一切，也掌控不了未来会发生什么，只是憋红了脸站在那里，竟然忘记了我拿着撮箕是要装垃圾的。

"何二娘说嬢嬢心眼儿挺好的。"父亲看懂了我的心思，他抖索着扫帚上的蜘蛛网，眼睛里酝酿着满天星斗一样的光芒，"或许，我对她儿子好，她就会跟你妈妈一样。"

父亲的话并不十分有把握。新店与农庆是邻村，要全面而细致地打听一个人并且尽一切委婉拒绝媒人的好意是轻而易举的事。28岁的嬢嬢最终没来，父亲满心期待的重组家庭无疾而终。是父亲狠心放弃了打算？还是嬢嬢另有权衡呢？那是八十年代中期，村里已经有了远近闻名的万元户，但多数家庭只是解决了温饱，还谈不上富裕。谈婚论嫁时，人世的眼光大都被物质的充盈与贫瘠牵绊着，房有几间，粮食、牲畜、家具等家园动静又有多少。年龄不占优势是其次，带着两个孩子的父亲在只有一个孩子的嬢嬢面前显然甘拜下风。还有，我们家境贫穷，翻建几间大瓦房就倾尽了父亲所有。但我清楚，父亲的期待里是有爱情的，不然，他的目光怎么会如此清澈、柔和？那是对爱情充满向往的男人的目光，闪闪发亮，潺潺流淌。

日子回到从前，尚未长大的我复杂忐忑的波澜又恢复了平静，父亲的重心又回到了地里。像接过了庄严的承诺，此后一段时间，在去读住校之前，我自觉承揽起了洗衣做饭和打扫卫生等一切家务。

父亲再不提续弦的事。我和弟弟不在身边，没有母亲的残缺的家里，父亲像旷野里一棵孤独的树稀里糊涂地过了很多年。在猪草锅里煮两个红薯就是一顿，白米稀饭就着咸菜也是过一天，交公粮后回家的途中被甩出运粮的车斗昏迷了半天，火星溅到灶门外引燃柴火差点酿成大祸，割草喂鱼从塘坎摔下锁骨骨折。所幸那棵树广受日照，凭借着勤劳与坚韧，一次次从劫难中挺过来，恣意地长成能为子女遮阴挡雨的亭亭华盖。

一晃三十多年过去了，人们的生活发生了翻天覆地的变化。公粮早就不交了，越来越多的人买了房进了城，人世的择偶也从物质倾向于精神世界的门当户对……父亲渐渐老了，明年就进耄耋之年，所幸身体也还康健。十年前我给他买了养老保险，有一份自己的固定收入他特别开心。三年前，我在四面山买了一间避暑房。一到暑天，就送他到山上乘凉。为此，所有熟悉的亲戚朋友都称赞我这当女儿的孝顺，还说父亲是南瓜命越老越甜。有人说，给他找个老伴，父亲不以为然，我也只当是玩笑。我以为，父亲会就这样在别人的欣羡中过完他的一生。

去年秋天，父亲给我电话郑重其事地商量他要成家。成家？没搞错吧？一个头发胡子都白完了的老头？有对象啦？哪里的人？多大年纪了？我怎么一点儿消息都没听说过？还没从惊诧中缓过神来，父亲说："明天请双方子女一起见见，就在明天，就在罗姐家。"

由不得我容许还是不容许，一切都已经安排好了。我们如约驱车前往。罗孃就是父亲口里的罗姐，就是即将成为我母亲的人，比父亲大几个月，住在城郊五子沱。怕我们分错道，她早早等待在路口迎接我们。两个老人一见面就说个不停。罗孃指点着，哪些菜地是她的，留了一部分自己种，大部分都给了有劳力的人家；这个人湾除了罗姓，还有陈姓；想吃什么蔬菜只消打声招呼，尽管挑嫩色的采，没人计较的；正在修建的房子是邻居令人羡慕的出息女儿的，她的婆婆都103岁了，耳聪目明，还能走户串门……奇怪的是，一向少言讷语的父亲竟然绵绵不绝地插着话，花椒树要趁花芽还未萌发截枝，霜降不起葱，越长越要空……还没到罗孃家，我就断定罗孃与父亲一样，最爱的是乡间泥土里的事。他们有共同的爱好，他们是天生的冤家。

我看看父亲，再看看罗孃，他们沉浸在默契的对话里，举手投足与热恋中的青年男女没什么两样。眉眼里是发自内心的掩饰不住的激动，脸上的皱纹也满是恋爱中的欢喜。

由此，我相信爱情与年龄无关，但一定与好时代有关，与对美好生活的希望有关。这是2020年了。祝福父亲，在耄耋之年，他在精心雕凿的希望中再次找到爱情。

——原载《长春日报》，2021年3月

故乡风情画

鸡蛋是平常却稀罕之物。说它平常，是家家户户总有三两只能下蛋的鸡。粮食充足的大户人家，养的不是三两只，而是至少十只以上能豪气地以群论鸡。我们家也有过那样群鸡争鸣的辉煌，不过更早些时候的那一群，不是会下蛋的鸡，也不是会打鸣的鸡，而是才出壳的长着鹅黄绒毛的小鸡仔。这样一群小鸡仔在家里呆的时间并不长，不会等到它们下蛋打鸣的那一天。母亲辛苦地喂食它们。她极其珍惜地从米缸里抓起一小把碎米粒撒在地上，到坡地里扯带露水的青草，还指示我们掰开卷竹叶找一条条裹着细丝的虫子。等到它们长得差不多能独自寻食了，翅膀也能扑腾出一阵风了，就东一只西一只地送给亲戚喂养。家里会下蛋的母鸡从来都没超过三只。

我都上师范学校吃免费供应的伙食了，不知哪一次假期，陡然发现家里多了一群神气活现的大母鸡，足足有二十只。

"公鸡卖了。它们都会下蛋呢……别五抢六夺的，又饿不死你们。"

父亲一边用簸箕往坝子边的瓦盆里倒谷子，一边神色怡然地呵斥着。

白天，母鸡们或在院坝里打盹，或活跃在房前屋后的竹林里。它们用尖尖的爪子在长满青苔的泥地上扑腾，小眼睛东瞅瞅西瞧瞧，慢慢腾腾，干竹叶啦，小石子啦，都会好奇地一啄。一到晚上，猪舍里闲置的圈栏一边铺着杂草的简易木架子上，二十只鸡唧唧咕咕或蹲或卧闭目打盹，或单腿站立，另一只腿很艺术地缩回到羽毛里，脖子反转，把头埋入翅膀里睡觉。

父亲早晨起床的第一件事是端着瓷盆去木架子上捡鸡蛋。他一边捡一边数，最开心的时候是二十只母鸡都下蛋。每当此时，他会抑制不住兴奋，拿起一个温热的还带着母鸡体温的鸡蛋说："满堂彩，啧啧，难得！啧啧，今晚吃荷包蛋下面吧，一人两个。"

我理解父亲的兴奋。早些年月，人吃的粮食都有限，哪还有盈余养鸡？碾碎的米糠拌剁碎的青草喂养那么三两只，图的是能下蛋，待凑成二三十个整数的时候逢赶场天拿到集镇去变卖成盐巴针线钱。至于隔三差五地煮两个糖水鸡蛋，或煎一个荷包蛋埋在面碗底下是想都不敢想的事。小孩子为什么事情得不到满足与母亲斗争，以不吃饭威胁母亲妥协是常有的事。那一次，我也这样赌气不吃。母亲怎不懂得自家孩子的伎俩，笑着以一个新的允诺让我忘记了先前赌气的缘由。她笑说："傻妞，你如果三顿饭不吃，我煎六个荷包蛋给你吃。"我真把那六个荷包蛋当回事了，擦干脸上的泪水还真想忍饥挨饿一整天。前不久说起这幼稚的期盼，我的同事还问我："最后吃到六个荷包蛋没有？"我笑说："既然不哭了，就感觉到肚子饿了。再忍一刻钟也坚持不下去，哪里能够三顿饭不吃？"

能够吃上一个鸡蛋顶多在一年一次的生日这天。那个早晨，父亲不忘提醒母亲往米锅里丢进一个鸡蛋。不等到饭熟，蛋就煮熟了。母亲把蛋捞起来在冷水盆里浸一下，再捞出来在我身上滚一圈，念叨着："福气滚来，平安滚来，无病无灾，顺顺利利又一年。"然后把蛋递到我手上嘱咐说："去躲着吃，别被你弟瞧见。"于是，过生日的感觉被躲在屋外墙角边偷偷摸摸细细咀嚼鸡蛋时幸福香甜的深刻印象替代。

弟弟没撞见过我吃鸡蛋，我也没见过弟弟吃鸡蛋。他生日那天早晨是躲在哪里我竟然不曾看见过呢？其实是他何时过生我不曾知晓，我过生他也不曾知晓。可以确定的是，母亲从饭锅里捞起煮熟的鸡蛋时一定也如此这般在弟弟身上滚动和祈祷。那个幸福香甜的鸡蛋，却是父母最珍爱的祝福与最慷慨的舍得。

五月的乡村是最美的。尤其夜雨过后，青山葱郁，梧桐挂满紫铃铛，槐花洁白、素雅而芬芳。等待被播种的水田干净、凉润如镜，映照着灵动的蓝天白云与翩飞的娇燕。这是一幅清丽的画。

父亲与他的三个弟弟一字排开，已经在水田里插秧了。手执青秧插水田，低头便见水中天。水田就在坝子坎下，看他们娴熟地松开干稻草捆扎着的秧把，动作流畅地点水插秧，齐整整地弓腰往后退。他们是画中流动的诗。

日上三竿了，母亲挽起裤腿，一趟趟端起大土碗装着的糖水鸡蛋送到田间。就在氤氲着紫铜、槐花、春水、稻秧芬芳的水田里，父亲与叔叔们打起了腰锣。

打腰锣，顾名思义，为补充体力能量，两正餐中间加餐。母亲大方，祖母盘算着一人两个一共煮八个鸡蛋的时候，她又从瓷盆里捡出八个，说："美（娘的别称），您就别为我节约了。他们天一亮就弓在田里，坝子边栽完了去大塝上，这一整天还不知道能不能栽完。我家栽完了还有三家，够他们累得了……一年就这么两次，栽秧一次，打谷一次，一人四个鸡蛋受得起……我还怕他们说我这大嫂当得太吝啬了。"母亲说的不无道理，影响水稻收成的因素有很多，比如气候、品种、还有插秧的时间和水的温度等，农谚说的"立夏不下，犁耙高挂。""立夏无雨，碓头无米。""芒种插秧谷满仓，夏至插秧一场光。"插秧时节，农民们都很辛苦。躬耕不易，辛勤劳动不易，犒劳的鸡蛋里有希望，有感恩。

与过生日时米锅里煮的鸡蛋不同，父亲与叔叔们打腰锣的鸡蛋是专门用干净的清水煮的，在凉水里降过温，剥了壳以后放在一个个土碗里。糖水也是专门烧的开水来兑的。说是兑其实不对，因为母亲往每个土碗里加堆成尖的大勺白糖之后，根本没有用筷子或者瓢羹儿搅拌过。鸡蛋盛进碗里以后，看得到沉淀在碗底逐渐化开的滋滋润润颜色泛黄的白砂糖。

早年，除了田地里的正劳力，小孩子是没有鸡蛋吃的，在家里煮饭打杂的婆姨们也没有吃。没有鸡蛋吃，剥鸡蛋也是一门美差。那一次十六个鸡蛋，就有我祖母、母亲、二娘、我和弟弟五个人剥。有的鸡蛋好剥，蛋壳像撕膜一样地剥下来，蛋白滑溜溜的，亮晶晶的，圆滚滚的，水嫩嫩的，光彩奕奕。我们往往要在手里很喜欢地轻轻掂量一下再放进碗里。新鲜鸡蛋的蛋白容易凝固在蛋壳上，大人们就用手指抠出来喂给我们吃。我们也学着大人的样子，用指甲把黏在蛋壳上的蛋白刮下来放进嘴里。不过那样剥出来的鸡蛋就不好看，表面坑坑洼洼的，像被带刺的手掌抚摸过一样不舒服。家家户户都是这样，天经地义，没有人觉得良心不安。置身其中，每个人都是那么可亲可爱。自此，我们所受到的教育在于从不在意个人的得失与所受的苦楚，爱与被爱的一切与天光云彩一样自然舒展。

为抢时间，父亲与叔叔们打腰锣的鸡蛋都是在田里和着满身的泥巴和汗水一起吃。在坝子边的水田里，父亲和叔叔们咬一口鸡蛋喝一口糖水。我专心地目睹着他们一个个吃鸡蛋的样子。我的嘴巴不由自主地跟着他们咬着、喝着、咀嚼着，鸡蛋黄有点腥，有点糯，鸡蛋白有点香很香，糖水很甜很甜。我极力想把注意力转移。父亲与叔叔，们正是身强力壮、精力充沛的年纪。他们一口一个，一口半个，咬着嚼着喝着的姿势与神情充满着粗狂的满足，散落在油亮的青山绿波间，映衬着田中的秧把与栽好的秧苗，与忽远忽近飞燕的娇啼声互相呼应，萦回于耳的潺潺流水声也与以往不一样。自然、原始、有生命的张力，那么强烈地吸引着童稚的我的眼，忠实有序地镌刻在我童年的心上。

　　唯有幺叔上了岸。他站在田埂上吃完鸡蛋以后开始抽烟。他从嘴里悠然吐出的烟卷变淡了，消失了，他斜着脑袋仰望着天空，发亮的侧影成了一幅沉思的画作，给人无限的遐想。

　　有时候我们忘不了一些人事物景，很多时候并不在于人事物景本身，而是忘不了曾经有过的那些感动。我想，我浮光掠影地记录下这些文字，不单单在于那时开水蛋的珍贵，还在于五月乡村的流光溢彩，在于充满欢乐与希望的劳动之歌，在于家人间老少妇孺互相体贴的奥秘，在于身教重于言传的美妙无言。秧田中的糖水鸡蛋，恐怕是农耕传统文化的惊魂。男耕女织，真心实意，寒屋也能避风雨，夫妻恩爱苦也甜。今人说不清，在精心打造的美轮美奂的乡村景致中也无法体验。我想，如果我擅长丹青泼墨，那样鲜活生动的一幅打腰锣吃鸡蛋的场景一定名动全世界，注定光芒四射。

　　村庄是原始的村庄，村庄的人是淳朴的村庄的人。

　　以前，家里有尊贵的客人造访，别看自家人平常从来舍不得吃，煮三两个开水蛋款待贵客却是约定俗成的规矩，也是最高级别的尊重礼数。说是尊贵，不外乎邀请进门做工的匠人、来家走动的儿女亲家、农忙时节来打帮手的娘舅姑婿等。为即将出嫁的姑娘制作家具要请木匠。腊月间，一家老小要做两件像样的新衣迎接新的一年要请裁缝。秋收后用红苕做芡粉做粉条要请匠人，要搭建一个圈舍、敲两块石头、爬墙捡瓦的更不消说。还有哪家都有三亲四眷三亲六戚的，逢年过节要礼尚往来去巡一圈。为此，各家还得提前筹备礼数。如果家里突然来了客人，正巧家里的鸡蛋刚拿到集镇卖了，还得赶紧向邻居求援抽挪一下。一年下来，就煮开水蛋待客的鸡蛋也不少了。

几乎每个坐月子的女人，都会吃鸡蛋。如果亲戚中哪家姑娘媳妇要生孩子了，从权衡亲疏远近，到决定送多少只鸡蛋，送不送鸡，送公鸡还是母鸡，送多少只，都是预产期以前几个月甚至人家刚出嫁刚娶进门就算好了的。如果亲戚多，要生孩子的姑娘媳妇排着队，差不多这一年的鸡蛋以及活鸡都用来酬礼了。为避免断鸡绝蛋，年初天气回暖就要养小鸡仔，山螺丝啊、菜青虫啊、竹叶虫啊喂勤一点，三个月长大生蛋不是问题。

一朋友讲过一个故事，他当兽医的舅舅曾神秘地告诉他："当兽医的好处是走到哪家都有开水蛋吃。忙的时候一天要吃一二十个，走再远再多的路都经得饿。"他说的忙是猪瘟流行的时候。农民养鸡下蛋为的是人情客往以及杂七乱八的零碎开销，家家养猪，把包谷、红苕所有的作物都用来做资本喂养生猪了，盼的是年终出栏过后的收入回报，那可是为修房筑屋等大宗开销筹的料。一年到头所有的辛劳就看到那一两头猪。冬天来临，大家最担心的就是高度传染高度致死的猪瘟。这样一来，一年的心血瞬间付诸东流。

那时，十里八村总有一个兽医，不分白天黑夜，不分天晴下雨，他们肩挎竹编药箱，黝黑敦实的身影与深深浅浅的脚印在鸡鸣犬吠的山村起起伏伏延伸向远方。他们吃开水蛋的多寡与技术和口碑成正比。走的路多，走村串户多，行的医多，积的德多，自然开水蛋也吃得多。猪瘟肆虐的时候，不知道朋友有没有跟随他的兽医舅公一起去出诊救急。如果有，我想他孩提的眼睛一定是被村落的碧绿橙黄、幽蓝深邃、可爱的生命与朴实的民风所打动。这一大一小两双脚印为单调的原野增加了诗意，也为萧瑟的冬天增加了暖意。他惊奇张望的童眼，凝望过乡民双手恭敬地端到舅公面前冒着热气的开水蛋。当然，他一定也香香地咀嚼过那浸泡着信赖、温暖、敬重与希冀的开水蛋。他拽着舅公的衣角，朦胧的梦想在疯长。无奈诗意占了上风。因为，他并没有接过舅公的药箱，走的是与兽医或者别的技术完全不一样的道路。兽医用行动诠释善良、信赖、技艺与竭尽全力。他执笔用文字写下一切美好的注解。

那年秋收刚过，城里的四姑父受四姑托付回来看祖母了。招呼落座，打水让他擦洗脸手，简单寒暄过后，祖母踮着小脚忙碌去了。不一会儿，她从灶房里端出一碗开水蛋。

"饿了吧？先垫垫肚子吧。"祖母抱来白糖罐子，往盛开水蛋的碗里加糖。

瓷碗里，有三个鸡蛋，水嫩洁白，热气腾腾，碗底的白砂糖将化未化。我又听见了自己吞咽口水的声音。

姑爷用勺羹舀起一个，看着我，示意要分给我吃。我摇头窘迫地往后退，因为羞怯，也因为有很多奇怪的顾虑，就像我每次看到生人一样本能地保持距离一样。祖母也摆手拦阻，叫我快出门去，说小孩子家没见识害口实羞的让姑爷笑话了。

"可是，我也吃不完这么多啊！都是一家人，还有那么多礼节？分一个给她，美也吃一个。"姑爷笑着站起身来，去碗柜里拿来两个空碗。

那天，我第一次在生日以外吃到了开水蛋。祖母却有另一番解释："是你姑爷要面子，故意显得自己不稀罕。"

哈，祖母说得滑稽却不无道理。姑父无非想表达的是："请丈夫娘放心，娶了你家女，吃得起鸡蛋，穿得起新衣……"

——原载《长春日报》，2020年12月8日

麦田的舞者

幺叔心地善良，心思敏锐，极像祖母。遗憾的是他的身体已经非常糟糕，身形飘忽，面容苍白。料峭的风从打开的窗户缝隙灌进来，我们身着笨重的羽绒服也能感觉到嗖嗖的冷。他只是身着一件保暖内衣外面套了一件毛线背心，就坐在病房靠窗的蓝色座椅上耷拉着头，丝毫没有冷的感觉。我和齐进去时，幺妈和堂妹正忙着将他扶到床上。

"正说着齐，你们就来了。"幺妈招呼着我们，"门外刚才走过去一个男子，你幺叔说那不是齐吗？我赶紧追出去，是别的病房打水路过的。"

"下午我说过齐晚上会来。"白天，我的姑姑和二叔他们一早来看他，一直呆到下午临近傍晚才离开的。在门口合影的时候，我随意说起过。不曾想，幺叔那么在意地听进去了。生病的人，尤其是濒临生死边缘的重病患者，不会在意不相干的人会不会去探望。齐在另一个地方的一所学校上课。我庆幸在前一天晚上的电话里，添油加醋地描述过病入膏肓的幺叔："这样说吧，如果此刻电话突然中断，你不要怀疑，那一定是幺叔已离开我们的不幸消息。也就是说，剩下的有他在的人世的天伦是以分分钟来计算的。"

齐也知道，幺叔被检查出不治之症已有一年多时间了。他深信我的言语没有夸大的不实，恳切地说："好的，我明天早点回去看他。"

幺叔见到我们，原本已经躺下了又非要坐起来，而且尽量像健康人坐在床上那样保持姿势的得体，身体努力挺直，双腿并拢伸直。但我相信他在克制难忍的腹痛。我百度过他的病情，胃癌转肝癌的晚期病人，除了不怕冷，就是特别痛。我打量着他，他已几天没吃一口有营养的东西了，从头到脚只剩下松垮的皮肤裹着凸起的骨骼，眼睛深深凹陷。他的生命正在凋零。除此以外，他有尊严的没有丝毫伪装的友善还是老样子。不管是在老家还是在医院，我好几次去看他，从来没有听到过他的一声呻吟。

是的，幺叔也是看重尊严的。下午七姑提议下楼拍照的时候，一大家子都自觉地让幺叔先行。在走廊里，乘坐电梯，再走到有台阶的地方站定，幺叔执意不让任何人搀扶，他说："我能走。"

我的记忆强烈地追溯到三十五年前的初夏麦收时节。漫山遍野都是金黄的麦田，就像无数的舞者集合在广袤的露天舞台。有风吹过，排列成行的每根麦秆都在律动，无数的麦穗像舞者一样向一个方向弯腰，又倏然挺立，再转向另一个方向弯下腰来。

我九岁了。在父亲眼里，我该下地干活了。我跟在高大的父亲身后。父亲挑着竹筐，竹筐里放着两把镰刀，刀口是铁做的，弯弯长长的像月牙，还带着一列整齐的小锯齿，割稻割麦的时候会发出带劲的嚓嚓的声响。我们是要去收割麦子。我想象着我蹲下身子，把镰刀伸进身着金黄衣衫的舞者的腿上去，用力过猛的沙沙声惊扰了躲在麦穗丛中静息的白底黑斑的蝴蝶，还有红翅膀的蜻蜓和绿斑点的瓢虫，一群生灵像突然出场的管弦乐队一哄而起。只听我的膝盖上"砰"地一声响，我挽起裤腿，看到镰刀留下的齿印正冒着鲜红的血……

我家的田地分布很散，几个山坡都有。父亲带我去的那块麦田就在幺叔家对面的坡地上。那时幺叔刚成家不久，堂妹尚在襁褓之中。他已经有了修新房子的计划。为了那个计划，他成天忙着干活，种庄稼，帮人翻盖房子，无师自通地学会了石匠的活计——用锤子和钢钎一锤一锤敲石头，扩大家禽家畜的养殖规模增加收入。毋庸置疑，父亲的兄弟姊妹中，他是最有主见的。威风凛凛的父亲也特别佩服他的小兄弟。

如果那个下午，我没有像一朵灰色的瘦蘑菇一样出现在他的视线里——出门时，父亲找了一定旧草帽盖在我的头上，那么，幺叔就不会为我割麦子而耽误自己一个下午。那么，我对幺叔的记忆就不会那么久远那么详细。

我蹲下了身子，我只是蹲下了身子。父亲的性情总是强势，坚持己见。他要求我们干活时要蹲身埋头，他说："凡是伸腰直杆的都不是干活儿的样子。"父亲在麦田边放下竹筐，扶了扶褪色的草帽，挽起袖子，从竹筐里取出镰刀，一把递给我，他自己握着一把，蹲下身子，一手摆一下金黄的小麦，另一手同时镰刀伸过去，"唰唰"两声，一垄麦秆躺倒在地。

我没有动手，我在琢磨着如何使用弯月般长着锯齿的镰刀。父亲没有教我，他大致认为会使用镰刀是每一个生在农村的人天生的本能，况且我的个子在同龄人中已属足够高。

"好大一点的人你就让她割麦子？"正呆望着父亲琢磨着，一个低沉有力的声音似从天外响起。我诧异地转头，是幺叔，什么时候他已经到了我的身后？

"自己去玩吧，你会割什么麦子？"

幺叔已从我的手里拿过镰刀，他也蹲下身来，就在我的身旁。太阳映照着他瘦瘦的五官分明的轮廓。父亲不说话，幺叔也不说话，"唰唰""唰唰"，金黄的舞者妖娆地倒下。

我蹦跳着脚步离开了。我要去看山坡对面的祖母。虽然不是最炎热的三伏，但五月的太阳已经有火红的力量。田野上不都有路，能放得下足迹的地方就是一条路。鲜有人踩过的田埂上长满毛茸茸的豆荚、饱胀欲裂的油菜荚、黑乎乎的胡豆荚、贴地铁型草蔓延的茎、发黄腐败的枯叶、肥沃的土壤一旁是绿秧苗在水田荡漾……每一样都有自己独特的味道，那些味道累积综合成独特的香。

那是一幅画，几十年间盘亘心中挥之不去的一幅画。那幅画里有劳作，有兄弟，有情谊，有怜爱，有泥土独特的香。那幅画就是一节生动的课堂，其中的要义值得我一辈子咀嚼。

我暗自比较着记忆中的和眼前的幺叔，奇怪，他似乎一直是那个精精瘦瘦的样子，眼睛闪闪发亮，没有过多的言语，默默地劳作着关爱着。拿祖母的话说，幺叔是深明大义的人。他大冬天连夜到作坊为亲友们烤高粱酒，他不图报酬为曾经的贫困户换房子的基脚石，他古道热肠为五保老人操持葬礼……我们做晚辈的都习惯了，邻里乡亲们也习惯了，深明大义的人就该是那个样子。可是不对，历经三十五年，从不到三十岁的小伙子到年过花甲的老人，外表怎会没有显著的变化？那时他的背没有驼吧？那时他的脸上没有皱纹吧？我怎会觉得他一直是那个样子呢？

突如其来的感受让我有了不曾体会的沉重。我们总以为生活就是漫长的叠加，不断的加长延伸，永无止尽其实是不切实际的幻觉。一个人从来意识不到所有得到的美好与爱都不是理所当然。突然来临的灾祸或者疾患让我们豁然洞开，可是醒悟总是不给人弥补缺憾的时间。我们只是在索取，不曾去想背负深明大义的人也需要休息，也需要得到关爱。

我在记忆的影像里努力搜索，回忆成了对感恩的考验。

那是在与齐刚刚结婚的时候。我阑尾炎发作，看过几个医院吃过十几副中药仍然不见好转，心情特别急躁。一个傍晚，在与齐为鸡毛蒜皮的小事大干一架后，我赌气离家出走。去哪儿呢？首先想到的是回娘家。车站等车时，又觉得这样哭啼着狼狈地回去很丢脸，况且暴躁固执的父亲岂会轻易罢休？他定会追到学校吵闹得人尽皆知。脆弱无助时，恰巧一位娘家的亲戚路过，见我红肿着眼睛，关切地问怎么回事。我竟然遇到救星一般嚎啕大哭。

亲戚有强烈的爱管闲事的江湖气，回去后马上向我父亲添枝加叶地诉说我是如何向她控诉，如何被病痛折磨，如何让她传信。自家闺女被欺负是头等大事。幺叔闻风赶来："别认为娘家无人，我们明天好歹去看看。"这是幺叔的原话。

果然，第二天一大家子男女长辈兴师动众浩浩荡荡到了我上课的学校。那时我们住在单身宿舍，厨房也是公用，连凳子也没多的一张。七八个人浩气凛然地聚集在门外的天井里，场面甚是滑稽。

情况与他们想象的大相径庭。齐在为我熬汤药，他们看不出夫妻缘尽的丝毫征兆。齐见一下子来了那么多客人，立即找凳子泡茶，买菜煮饭，张罗不停。倔牛脾气的父亲，伶牙俐齿的幺妈，气势汹汹的二叔，娘家人出发前商量好的种种兴师问罪无一派上用场。

饭桌上，一家人喝酒吃饭，猜拳打马，欢声笑语，其乐融融，竟然都忘了到学校来的最初意图。

那天，幺叔喝醉了。关于喝酒，他是老家一带著名的四大金刚之一。听说回家的路上，幺叔又唱又跳。

依然是五月，最后一抹晚霞衔着远山泛着金黄，麦田集聚的热气开始消散。牵挂的事放下了，所有的担忧都被排除了，一时间幺叔的整个生命被牵动了。他竟然在路上跳起舞来。我没有亲眼所见，是事后听说的。但我见过一个喝醉酒的朋友在滨江路的柳丛中一边走一边跳舞的情景，晚风中，随着涛声与杨柳的律动，他迈着舞步转着圈，两只手臂和着前行的步伐展开又合拢，人与景都纯粹而超脱。与误解的敌视和解，心中假想的野兽被驯良，幺叔必定也是陶然忘步，轻歌曼舞，乘风飞飏。

此刻，面对即将走入生命尽头的幺叔，我从回忆中抽身。生命快如闪电，过去与现在有瞬间的重叠。难怪幺叔一直是那个样子——为他人付出从不谋求什么。幺叔一直在为我上课。几十年来，我不知自己是否如他所愿成为一个更好的人，但我相信自己一定是一个对爱与善的理解更加敏锐的人。

生命何为？尊严、爱与善。这是幺叔教我的。

——原载《铁道建设报》，2020月3日

但愿人长久

"挥一挥手，我目送你走，你知道我心里好难过……"台湾歌手高胜美的成名曲唱出了多少灞桥别柳的心声。

读小学时，全校有六个老师，没一个会唱歌，我们也从来不上音乐课。学校附近来了个石油钻井队。秋天的一个晴朗的下午，一个瘦瘦高高的男青年身着黑衣，背着吉他走进了我们的校园。老师说，他是山那边的石油钻井队的叔叔，是特意来教我们唱歌的。

我们兴奋地在黄葛树下席地而坐。他教我们唱的是《送别》："长亭外，古道边，芳草碧连天……"那是我们学唱的第一支歌。那时我们还小，一脸崇拜地看着他怀抱吉他，右手拇指、食指、中指、无名指在琴弦上娴熟地抚弄着。他一遍又一遍地弹唱着，眼神望向远山，专注而缥缈。我们好奇，他从什么地方来到钻井队的？他以前是做什么的？他为什么要来教我们唱歌？他为什么偏偏要教我们《送别》歌？

一连串的疑问掖在心里，一个也没有解开，钻井队却要搬走了，搬到另一个更偏僻的野外作业去了!看到一辆辆大货车装载着那些粗细不均的钻杆在黄昏中突突远去,想着身着黑衣的教我们唱歌的叔叔也跟着他们离去,我的胸膛顿时火灼一般难受,那是最初感受到的别离的味道。

师范时,读完朱自清的《背影》,我眼泛泪花。因为我也有一个笨拙的父亲,也珍藏着父亲一个"寒碜"的背影。

我是以优异的成绩考上的白沙师范校。开学报到那天,很少出门的爸爸挑着装有我衣服鞋袜和棉被的箩筐送我到学校。看到爸爸光着一双酱豆腐般的脚,我心里不是滋味。到了白沙,我逼着父亲买双鞋穿上。一向节约的父亲拗不过我,到地摊上买了一双泡沫凉鞋。

白沙是我第一次去,到了学校,办入学手续不懂,也不知道去找大同学帮忙。爸爸帮助我打理着一切,报名、缴费、铺床。在总务处没有人维持秩序,与父亲一样送子女到学校缴费的家长闹嚷嚷的挤成一团。到了窗口那,老实巴交的父亲挤不过别人。他一只手趴在窗台上,身子紧紧地贴着光滑的墙壁。手续繁杂,人又多,父亲趴在窗台上保持那个姿势足足半个小时,汗水湿透了他灰白的衣衫。

一切安排妥当,父亲嘱咐我好生读书,一个人挑着空箩筐踏着夕阳回去了。看着父亲渐渐远去的背影,我眼泪总也忍不住地要涌出来。

后来读到龙应台的《目送》,我的思维也定格在父亲渐行渐远的背影上。他付出再多,也逃不脱最终与我渐行渐远。父母子女一场,最终不过别离的宿命,不管愿不愿意,这是谁也阻止不了的。所以面对长大远行的儿子留给我的背影,我也大度地挥挥手:不必追。

一直跟二儿子住在城里的吕伯伯脑癌晚期,医生说:"甭医了,回去吧,他想干啥都随他愿。"

吕伯伯想回乡下老家。要出门了，伯伯回头扫视了一眼还游荡着一家人热气腾腾气息的客厅，恋恋不舍地对身旁扶着他的儿子说："二娃，我好了还会回来哟。"

　　二娃当然知道父亲这一去将再无归期，他强忍住酸楚装作若无其事依然不敢吱声。二娃媳妇机灵，赶紧上前扶着老爷子说："这儿就是您的家呀，您愿意什么时候回来就什么时候回来。"

　　在乡下老家，吕伯伯只能躺在床上了，吕伯妈寸步不离守在床边。只要他头脑清醒着，也不管有没有外人，他的眼神从来就没离开过伯妈，迷恋，不舍，悲怆。最后的日子里，说话已经含混不清了，他还拉着伯妈的手说着只有伯妈能听懂的话："来……唱歌……十五的月亮……"于是，房间里就会传出一清一浊两位老人的合唱："十五的月亮十六圆……"

　　执子之手，与子偕老，无论相爱有多深，都逃不脱最后的生死分别。老人的合唱，呢呢喃喃的爱情，留不住的衷肠，晚辈们刻骨铭心。

　　无论是山高水长的朋友真情，抑或患难与共的夫妻深情，还是血浓于水的骨肉亲情，无论多么牵挂，多么挚爱，多么留恋，终有一别。人生无常，无常也常。苍穹之下，一切必失，唯有当下。所以苏轼感慨："但愿人长久，千里共婵娟。"

——原载《贵州民族报》，2020年9月20日

花的往事

从小到大，特别喜欢花。小时候偷采过别人院子里的玫瑰，瞒着大人冒险攀上悬崖去摘过野蔷薇，把花枝栽在破的搪瓷盆子里，插在坝子坎下一块三角形的菜地里。现在家里不大的天地里也常常见花，我爱买现成的花枝插瓶，家人更擅长亲自培植。

那些侍弄过的花儿都消逝在过往的岁月里，唯独那些侍弄带来的满足却有意无意地留下来，随着时间的推移，越来越清晰，在某一阵风里，在某一片云里，或者在某一汪明净的山泉里快乐摇曳。

我种过花期好几个月的紫茉莉。紫茉莉又叫地雷花、夜来香、胭脂花，那时我却只知道它叫粉子花。是在春天，祖母从贴身衣兜里拿出一块方格子手帕，层层打开，翻出了裹在里面的种子。那是她从城里的姑姑家探亲带回来的宝贝礼物。

"粉子花，会开很多种颜色的花，香着呢。"

种子撒在泥土里，没怎么管理，却发了芽长出了健壮的茎秆。随着茎秆的长高，膨出了一个个粗壮的节，节上又生枝，花枝就越蔓越多，越长越高，竟然葱葱茏茏一大片。夏天的一个午后，我惊喜地发现紫茉莉开出了袖珍小喇叭一样的花，轻柔润洁，有粉白、粉红、粉紫等很多种颜色。一簇簇花朵娇小而俏皮，在花枝顶端尽全力地朝向天空发出淡淡的幽香。

那一片紫茉莉就在卧室外面的芭蕉树下。夏天天气很热，我睡觉时从来不关窗户。通常紫茉莉在傍晚开放，翌晨闭合。我却单纯而固执地认为它小小的花朵是为着伴我爱我，就像祖母附身以清澈的眼眸安静地注视着端详着我一般，然后呼吸里也会有一种安然的宁静。那些悠远神秘的暗夜里，那些月明星稀的光影里，竹林和芭蕉树借着小河的风把紫茉莉的香吹拂进来，我枕着花香沉沉入睡，连童年的梦里也是一片芬芳。

父亲也种过花，一直不知道他种的花叫什么名字。

是在我离家读了住校以后，初夏的一个归宿假回家，突然发现屋角边的那排灌木丛开出了密密匝匝的白花。这是什么植物？只见绿油油的枝上和叶片背面都长满细细密密的绒毛，枝上的花朵聚成一簇一簇的，最终一排连成一片，像覆盖着一树清明与洁净的白雪。花朵很香，又白又香。

见我好奇，父亲说："这是我春天赶场时在路边折枝回来扦插的。他们说根本不用管它，只要土壤够肥，阳光充足，萌芽力和发枝力超强。呵呵，才几个月时间，就长成这么一簇笼，竟然还开花了。"那时，看父亲心满意足地欣赏着覆盖着白雪般安静的花枝，就像一位高贵的王。此前，父亲从来没有种过任何花，之后，他也没有再种过。

父亲没说是为我种的花，但我觉得他就是为我种的。我不知道那是什么花，父亲也不知道。我充满感激地认为父亲希望我也有那样的萌芽力和发枝力，让年少的我终能长得蓬蓬勃勃。

而今，老屋已经不在了，父亲也年迈了。但是一些欢喜的心境却是蓝色星空里闪烁的星星，总能在回忆的船帆里找到。我喜欢那个时刻，每一次远远地隔着越来越远的距离端详，几乎都感觉到自己被宠成了公主。

后来，我知道，那种花的名字叫白花继木。

——原载《长春日报》，2023年4月5日

建国兄，我们想念您

2023年12日中午受邀参加一个年会活动，突然在闺蜜群里看到信息："糜建国走了。"陡然一惊，瞬间眼泪如瀑泉一般往外涌。立即走出熙攘喧闹的大厅，来到室外花园，哽咽着拨通了闺蜜电话。她的女儿与建国兄的儿子在南开读高中时是同班同学，有一次她说起女儿的家长群里有一名很有社会责任感的才子。我问才子叫什么名字。她说叫糜建国。我说这个人我很熟悉。我们一起说起他的为人，说他的作品，说他对山区留守儿童的实际关爱，都赞叹不已。闺蜜在电话里告诉我，她就是在家长群里得知了消息第一时间告诉我的。她也纳闷在群里一直很活跃的一个人，爱分享作品，也热衷公益，怎么这一年多来就销声匿迹了。"原来是生病了。他生的什么病？那么年轻。"闺蜜唏嘘惋惜。

是啊，他生的什么病？我也想知道。不仅在家友群，在晚报作者群，他也长期没有发声了。翻看他的朋友圈，在一个会议场灯光下合拍的手撑下巴、眉眼含笑的头像还在，还是那句"爱出者爱返；福往者福来"的签名。在虎年春节、端午、中秋，我屡次给他发过问候信息。但是从来没有收到过回复。秋天的某个夜晚，我还在微信里向一文友打听他的近况。文友说，知道他病了，一样的，他不回复消息。1月5号，点开他的微信问候："糜总，您还好吗？牵挂。"依然不见回音。一筹莫展之时，得到的却是他飞升天国的噩耗。

记得2017年在贾嗣祥瑞希望小学参加鼎新基金会关爱留守儿童的主题活动，与建国兄的第一次见面。重庆晚报"夜雨"副刊广庆老师介绍说："这是糜总，糜建国。"当时他与虎哥常克一左一右一矮一高站在广庆老师身边，都笑意盈盈的。我一下子就笑了。我们都笑了。与建国，与虎哥，都是第一次线下见面。在群里大家都聊得很热络，建国兄爱发红包，大家抢他红包，有时大家还故意开玩笑把"糜总"称为"米总"。他也不生气，与他的头像展示的一样，总是乐呵呵的。有一次，有人把他参加活动的照片P过之后放群里，惹得大家围观捧腹。他跟着打趣说："粉嘟嘟的。"后来，在重庆散文学会年会、晚报群英荟年会又见过几次。2018年，晚报群英聚集重庆嘉瑞酒店，他与羊子等六七人表演当年风靡银屏的电影《芳华》里的舞蹈，他排在队伍的最前面，出场时笨拙滑稽的动作给大家带来许多欢笑。2019年新年前夕，再次云集嘉瑞。这一次以创作分享交流为主，我和张涌老师坐在最后一排，他就坐在我的前面，不时转过身来与我们说话，面带微笑，一点儿不生分，一点儿没有架子。

建国兄是南岸区作协副主席，还是一名优秀的企业家、公益慈善家。他做什么企业我不知道，但是常常拜读他的作品。2018、2019年，他有几篇散文作品在《人民日报》"大地"副刊发表，有写家庭兄弟成长反映重庆直辖变化的《春风，拽着人们奔跑》；有精雕细刻父亲的针匠岁月，赞扬精益求精、一丝不苟的工匠精神的《千般磨练方成针》；有写传统工艺的鸿篇巨作《走村串户烤酒师》。写作的人都清楚，作品能登载《人民日报》是非常艰难的，而建国兄短短半年时间里，就上稿3篇。文友们一边祝贺一边羡慕，打趣说："《人民日报》是你们家办的吗？"

2020年，他获得重庆市委宣传部精品扶持的散文集《春风，拽着人们奔跑》由北京日报出版社出版，书一面世很快销售一空，火速加印。2021年6月，我的长篇拙作《石头沟》出版，7月23日晚，他在500人的晚报作者大群里发表感言："落地尘，大作已于昨晚拜读完毕，很是感动，不忍掩卷！很多个画面、场景都勾起了我的回忆，戳中了我们那一代人，特别是没有母亲的孩子的痛点。那些苦难，那些辛酸，一直掩藏在我们心底。你的文字，都把它们像剥笋子一样，一层一层剥裂开来，鲜血淋漓，疼痛不已。"一部作品面世之初，能不能得到读者认可，作者同行又是怎么评判，写作者自己其实是很紧张的。如我初出茅庐的肤浅之辈更是如此。建国兄这样的方式这一段话是抚慰剂，给了我信心。9月18日，《石头沟》新书发行会在我供职的四牌坊尚融小学举行，他与许大立、王逸虹、蒋登科等前辈都到会做了发言，他的发言稿《魅力四射的石头沟》后在上游新闻推出，对我何尝不是莫大的鼓励？

得知建国兄仙逝的消息，我找出《春风，拽着人们奔跑》，一页一页地翻读，泪水汹涌澎湃，怎么也止不住，一次又一次地模糊着我的双眼。那么大义那么大气那么善良那么谦逊的一个好人，那么年轻那么努力那么活力那么有才华的生命，怎么说走就走了呢？您的企业，您的创作，您日夜牵挂的那些山区的孩子们……都等着您啊！

建国兄，我们想念您！

——原载《重庆晚报》，2023年1月14日

第二辑

日出与微光

日出与微光

小镇的日出

算起来，我坚持跑步已经有十年的时间了。与一般强身健体意义有所区别的是，最开始我只是想借助跑步暂时逃离一些烦恼。

2010年的秋天，父亲喂鱼时在陡峭的塘坎上踩滑了摔到河沟里，锁骨被摔伤。经过半个月的住院治疗，蓦然发现年迈的父亲已经不适合在乡村继续劳作。养殖与耕种都需要体力，况且父亲视力严重下降。像这一次，如果他受了伤躺在河沟里起不来不是凑巧被赶鸭子的邻居发现，后果简直不堪设想。一切来得太过突兀，措手不及中，父亲就与我们住在了一起。三口之家连同父亲此前的所有日常节奏一下子被打乱了，年轻的心灵从来未曾有过吾老吾幼的预设。父亲不习惯城里的生活，总是卑微又愧疚地认为自己拖累了我们。儿子他爸不适应家里突然多了一位不会乘坐电梯也不会使用天然气的老人，蹙着眉吊着脸进进出出，眉眼里总有掩饰不住的无奈与烦躁。我顾忌着每个人的感受却总是力不从心。写在每个大人脸上的不安与焦虑传递给儿子。每个人都闷闷不乐，性情在一夜之间陡然大变，成为一触即发的怪物。家庭气氛因父亲毫无征兆的摔一跤竟然从三月的春光烂漫迁徙到雨季的荒谷，冰凉阴冷，雾霾重重，偶尔还要爆发一次莫名其妙的战争，到底是委屈还是怨恨，谁也说不清。我一下子懵了，沮丧而惶惑。我甚至无法用恰当明了的措辞来描述当时的无助。

"日子不能回到从前，接下来我该怎么办？"

找人倾诉不可取，在事业上一向风生水起，那会影响我公众形象的温和淡定且从容。况且，我怎么可以用自己的坏情绪去影响别人呢？倾诉过后我不是还得独自去面对荒谷的冰冷么？

就是在这样的迷茫中，没有任何预约与商量，我开始了跑步。我需要静一静，我需要在一个人独处的安静中理清一些脉络。

那时在白沙，一个江边小镇。那天，一家人都还在睡梦中，半夜醒来没再睡着的我穿好运动衣裤全副武装悄悄出了门。我沿着滨江路向东一路小跑。小镇的清晨一片寂静，奔腾的江水裹挟着秋风带来丝丝清凉，轻薄的晓雾在江面萦绕。那天早晨，我第一次看到了小镇的日出。太阳温暖的光芒先是从东方的薄雾中透出，模糊的天地渐渐明朗。惊喜间，一轮红日从东方突然跳出来，橘黄的宝石般晶莹耀眼。银灰的江流受着阳光，丝绒一般的光涌动在浪尖，像涌动在心尖的温情与微笑。

就在一刹那，种种的烦忧豁然开朗，我浑身上下像着了火般腾腾燃烧。我为突然的不幸找到注脚。太阳这样如此伟大的事物尚能配合地球的自转消逝苏醒、东升西落，人生哪有一帆风顺的呢？我为什么不能顺着自然的道理做出正确的反应，配合家庭的变故呢？既然已经发生了，内疚、责怪、争吵、推诿都是不明智和莫须有的。父亲、丈夫、儿子，都是亲人，再艰辛我也只能义无反顾，我不可能逃避。生活总有办法跨过黑暗迎来阳光。与其肩负上千斤重的负能量沉湎于追悔和抱怨，不如认真而又努力地去开拓新的秩序新的欢喜。

我承认渺小的我不能八面玲珑，但我真的庆幸找到了一条释放压力的路，向着东方，向着太阳升起的地方。那一天，在晨曦中，沿青石板铺就的滨江路，跨过一座玲珑的小石桥过驴溪岛，经一段笔直的沙土小路到与小镇毗邻相接的马项垭古街。江涛拍打岸滩的轻响和着温润的朝阳，叩开我紧锁的眉头。我的步履一路轻快，眼中的的风景一路旷阔。一栋一栋路灯下灰黄的参差建筑也着了火，江心一只只小小的航标灯也在燃烧，在泛着金光的波浪上腾起一漾一漾的火苗的节奏。附近的农贸市场有人拉起卷帘门，沉寂的小镇在哗啦哗啦的清脆声中开始苏醒过来。只有对岸的山在背光里，讪着不合时宜的谨严沉穆的墨青。

那天，当我跨进家门，一同带进去的除了日出的神采，家庭的生活也重新开始定义。自此，那个酷爱宅居的我不见了。除了雨雾天气，我坚持早起。一个集妻子、女儿、母亲、教师角色于一身的我焕发出新的活力。我停止了抱怨与自怜自艾。我在独自晨跑中获得不倦不休的芬芳。严寒的冬天要离开温暖的被窝需要毅力，我为自己呐喊加油。我知道，我只有坚持，才能跑过旧我，赢得新我。

这一跑就是十年。很庆幸，向着最好的自己奋力拔足中，我头顶的天空一直蔚蓝，我也被这世界温柔相待。

步道上的微光

大概有两年的时间，我坚持每天爬艾坪山，风雨无阻。

如果说2010年父亲的摔伤让我跌落到雨季的荒谷，那么2013年弟弟与祖母的先后离世就是直接把我拽入不见天日的无底深渊，污浊的河流流经我的血液，沉重的悲哀是魔鬼张牙舞爪地笼罩在我的头顶。我像上了年岁的老朽，像裹在茧中的蚕蛹，拒绝一切快乐的聚会，常常独自莫名流泪，常常在噩梦中惊醒，常常在夜深人静时悲伤不能自己。也是在那一年，像一尾游向陌生水域的孤独鳗鱼，我从小镇白沙考调到城区学校上课。我努力调整好状态投入工作，让忙碌充实自己的生活，籍此对抗悲伤、难过、抑郁。但是，在放学后空落回家的每一个瞬间，徘徊在生活土壤和深水的阴暗处，我看到了自己躯体和意志的分离。我想尽快改变，却做不到。

那天天气很好。晚饭后，不知道是怎样的的一种力量牵引，我想起了要去爬山。艾坪山的黄桷步道就在我们小区南门对面。山上长满了高大的乔木和茂盛的灌木，还有一些果树、菜地和庄稼。级级石阶坚固、冷峻、端正，不露声色地回应着我的足音。爬过一段笔直陡峭的石阶后就是一个开阔的平台，继续往上爬需要拐一个弯往下走一段窄梯。一块长满油菜的开阔田地就在那段窄梯旁边。一大群萤火虫就在那片连天接地的开阔之中繁星般闪烁，与步道两旁昏黄的路灯辉映着。五月的风穿过不远处的树林送来熟悉的香。萤火虫与别的小动物不同，它们发出的光能够把记忆照亮。童年蜂拥而至，在闪烁的繁星里游移飘忽。我回到了过去，聆听到亲人的欢呼。时光倒流，像一个久别故土的孩子满含着委屈和酸楚，我胡思乱想泪流满面，静静地伫立了好久。

想念有所依附，惆怅平添温柔。第二天晚饭后又去爬山。我是冲着那群萤火虫去的，向着它们的光去的。黄桷步道散步的不多，人们大都喜欢往江边去。我并无理会他们的心思，我在刻意与人群保持距离。我在意的是凄凉与孤独有萤火虫的陪伴。但是第二天，那群发光的精灵不见了，这之后再也没有见过。是魔术，是聊斋，是天使的羽翼，它们震动过我灵魂的幽谷，却是秘密的孤立的呈现于我的视野，只见过一次就万劫不复。抑或是亲人们捎来的挂念化为微光，悠忽一瞬便归于无迹。我无从再找到他们。但是我深信，那点点微光已经照进了我的生命里。之后，我坚持爬山，晚饭后，或者周末的白天，每经过那个地方，都要驻足回顾。我想念的物事里，多了发光的萤火虫。

爬山很累。几乎到了近乎苛刻的地步，我总要为自己定下目标：一定要到那个亭子座椅旁才歇息，一定要爬到山顶最高一级石阶才止步。就是在那样的设限中，我悟透了一些执念。其实，我们的生命就不能与"爬"脱离干系。每个人都在自己的生命中，孤独地攀爬，身体和心灵都在步道上。磨难、挫折、阻滞、窒碍，壮阔、卑微、成功、惨痛，年岁、肉身、荣耀、精神，"爬"就是人生常态，就没有不与"爬"相关联的生命存在，关键是个体能不能惊鸿一瞥发现属于自己的那束微光。

山上有很多活力有趣的东西，抽枝颤丫的老树，五颜六色的野花，列队飞翔的鹤，在横枝上吊臂膀的小孩。是活蹦乱跳的小孩，挣扎着让大人抱着身子举上树去，支不住了憋红着脸又让大人抱着身子放下来。冬天傍晚的柔光里看得见他嘴里哼哧哼哧哈出的白气。渐渐的，我的心境发生了奇妙的变化，我不再对新鲜美好的东西无动于衷。春天馥郁的柑橘花唤醒我的嗅觉，我集中精力去辨别它与茉莉花的差别；秋天漫山鹅黄的雏菊美不可言，我竟然情不自禁地摘下一朵插在黄葛树干裂开的缝隙里边。我喜欢站在山顶默默地眺望，长江蜿蜒将城区环绕，再突然一个转向，虎虎向东奔去。长江大桥横跨南北两岸，过往车辆川流不息。一览无遗的是宁静的江、欢腾的桥、古朴的山、鲜活的城。我的心境澄澈清朗。

自此，我真正接受了亲人的离去，距离他们离开我已经有两年了。两年时间里，站在山顶也看不见的地方发生了很多大事，台风、暴风雪、干旱、洪涝、地震、有毒气体泄露……我目视着车流涌动，人头攒动，永远不知道别人有着怎样刻骨铭心的疼痛。可是，生活不只有种种颓丧，还有茶香、诗歌、日出、春暖花开，微风吹过时光……种种美好，所以车流依然涌动，人头依然攒动，所以生活与江河的流历尽艰辛依然干干净净生龙活虎。

　　在那段难捱的阴暗日子里，正是艾坪山以坚韧的珍贵的本质充实着我。如果哪天我郁郁寡欢，那一定是我没有完成爬山计划。我知道，领我走出困境改变我的是艾坪山上萤火虫的光，更是我自身有改变的欲望与勇于攀爬的决心。

——原载《散文百家》2021年第3期，2021年3月

蓝裙子，红裙子

上师范校的第一年，我很正式地穿上了裙子。当时我十五六岁，是青春的身体遏制不住地膨胀、鼓起、伸展、凸出的年龄。看到自己在夕阳下投射到地面呈曲线的影子，我羞涩、紧张、害怕于身体的奇异变化。

入学报到时，高年级的燕在校门口迎接了我。她穿着粉色的连衣裙，赤裸着臂膀和膝盖以下白皙的腿，腰身恰到好处地收紧，裙摆蓬松地散开，与我身上的白底蓝花的确良衬衣和洗得发白的蓝色棉布长裤形成鲜明的对比。

她一路兴奋地把我带到女生寝室。我羡慕她的裙子，不停地盯着她看。"姑娘家穿着和举止都要端庄。"我想起了父亲的忠告。是父亲通过和祖母的谈话给我的忠告："你看周家湾，一个女孩子就不该穿着那么短的衣裳，何况说话时总直视着别人的眼睛。哪有姑娘家说话时不知害羞地看着别人的眼睛的？"

我知道他说的是周家湾的梅。她喜欢穿短衣裳。她走路的姿势也真好看，如风吹杨柳，摇曳生姿。我曾经偷偷地模仿过。但是大人们总有不一样的见地。与她一湾子的代婆婆不止一次对人说过："你看她走路腰臀那个扭……不正经。"

那些与当下视觉不调和的声音，像霹雳雷响尖锐有力。再看燕，比梅有过之而无不及。我怎么会去欣赏这样的装扮？难道我也希望自己成为不正经的女人？我的思想在正经与不正经之间摇摆。我衡量"正经"的标准，是山沟里的父亲、祖母和代婆婆的声音。我收起了爱慕艳羡的目光，露出脚上大码的浅白凉鞋一样的自惭形秽，重新缩回到根深蒂固的价值套子里。

随着成长地的拓展，我的眼界发生了翻天覆地的变化。中秋节文艺汇演在礼堂举行。有一个节目是高年级的女生跳球操。她们穿着束身的蓝白条纹连体衣舞着银光闪闪的圆球，在镁光灯照耀下，一个个凹凸有致、干净利落、光彩照人，像一条条色彩鲜艳的美人鱼在戏水吐泡。然后我低头看看自己，宽松的无领灰T恤外套，臃肿单调到分不清男女。

说到那件灰T恤，得提一提一位室友联盟。她有一对不允许她哈哈大笑、不允许她穿裙子的父母，还有一个给她立下进入师范校以后不允许到江边散步规矩的舅舅。我们的成长世界是如此相似，以至在着装打扮上也达成默契：忠于家庭教养，违背就是堕落。

那件灰T恤是第一次放归宿假，我们不约而同买的同一款式：无领，宽松，长大，不分男女。在宿舍里，我们各自被同款的被单一样宽松的衣服包裹的时候，其他女生不屑注视，我们却相视而喜。此刻，对教养的忠诚与我们之间的友谊成正比。

但是有很多不一样的室友。她们有一大堆裙子，白的、红的、粉的，每一件都很精美，镶着好看的蕾丝花边、精致的蝴蝶结和飘逸的腰带。她们用香气扑鼻的润肤霜护手霜，每隔一天到锅炉房打两大桶热水洗一次飘逸的长头发。她们说话好听，劳动和剧烈运动时气喘吁吁，总会有热情的男生给予同情。虽然我们住在同一间寝室，但坚守的信仰截然不同。她们展示，我们藏掖。她们坚信情同手足，我们恪守授受不亲。巨大的鸿沟就呈现在那件并不好看的灰T恤上。我窥见与家庭教养不一样的真相，听到自己内心的矛盾，并思考该偏向鸿沟的哪一方。是继续穿上它，还是选择改头换面？

"这本分的姑娘一点没变。"当我穿着那件灰T恤回到有祖母、有父亲、有昔日伙伴的村庄时，村里的人都喜形于色。我还属于村庄，我依然属于这个群体，我的着装就是判决书。

学校举行春季运动会，广播体操比赛项目要求各个班级着装整齐。于是，由不得我忠诚还是背叛，自然而然的，我与全班女生一起穿上了镶着白色蕾丝花边的蓝色露膝天鹅裙。

在兴奋地统一了裙子颜色过后，关于有袖还是无袖、裙摆的长短，班里的女生有过激烈的争论：

"不能太长，不然没有朝气。"

"不能遮住膝盖，这怎么可以？"

"天鹅裙不要袖子。"

"整个肩膀完全露出来，这怎么可以？"

争论的结果是双方妥协，肩膀处做个荷叶假肩，裙子刚好长至膝盖，但是裙摆必须三层，每一层都要有蕾丝花边。

广播体操一共有八节。比赛时，全班女生像翻飞的蓝蜻蜓动作整齐一致。我们是一个整体，排练过无数次，排练的过程就是找到归属的过程。我们和广播一起喊着节拍，一起聆听音乐，一起转身，一起击掌，一起伸出手臂。前面七节都很顺利。像阑尾炎突然发作，第八节下蹲运动，"不正经"的声音蓦然从四面八方响起。我的动作慢了半拍，大家都起立了，我却刚刚蹲下去。

我们班名落孙山。班主任老师大发雷霆。关键时刻，我破坏了班级荣誉。像有巴掌重重拍在脸上一样，我感觉到火辣辣地疼。那时的我被生生分成了两半：一半属于从前，一半属于未来。二者之间既互相吸引，又互相排斥。我明白，我不可能同时容纳它们，要么回到从前，要么拥抱未来。我相信，就是那不和谐的慢半拍，一个青春女孩的教养正在重建。

学校作息很规律，每天早晨都要跑步。跑步是每个崭新一天的仪式。我们六点二十起床，然后在大操场和启明星一起奔跑。那时新陈代谢太旺盛，跑步减肥从来不是目的，一圈一圈气喘吁吁，跑的是毛孔舒张的畅快，还有持之以恒的毅力。

我要把这个乐趣带回村子里。我要带上英子、梅子、兰子一起奔跑。她们中学没毕业就辍学在家，从来没有体验过纯粹晨跑锻炼的乐趣。我们要用啪啪的脚步去唤醒沉睡的村庄。

暑假伊始，我迫不及待地实施着晨跑计划。那个如诗如画的早上，我在约定的公路边从晨曦微露等到天空发白，她们一个也不见踪影。后来我知道，是见多识广的英子的母亲阻止了她们。她说："哪个正经姑娘到大马路上去跑？传出去还不被人笑话？"

琥珀般的计划就此被摧毁。在学校开启新一天的仪式在村庄却是荒谬的闹剧被坚决制止。我的身体到底服从于谁？更糟糕的是，从此以后，她们凝视我的眼神充满了怪异。我记得她们的目光，熟悉的伙伴陌生的目光。与她们在一起，明显感觉躯壳不是我自己的。

盯着电视屏幕上的经典广告：城里的人啊乡下的人啊都漂亮……我再一次感受到巨大的鸿沟。适合唱山歌的地方不一定适合奔跑。我可以选择服从，也可以选择叛逆。她们希望我服从，回到从前，和她们一样。我要么被她们抛弃，要么始终属于她们。我问自己，我还能回去吗？

同学云有一条红裙子，样式妥帖，质地柔软，像一团火，穿在她身上尽显华贵与美丽。在脱掉灰T恤穿上它的时候，云拍着手笑道："好看，真好看。"她的眼睛忽闪着，长长的睫毛也跟着颤动，好像在说："这就是你，这才是你该有的样子，是比你认为的更美的自己。"

突然，我萌生了一个想法，把红裙子穿回村子去，让我的伙伴们看到我这么漂亮有什么不对的吗？

接下来，很残酷，我穿着红裙子出现在村庄。我挑战了一些传统，夺取了一些自由，撕裂了一道隐约的鸿沟。

——原载《重庆晚报》，2020年7月1日

金钗之年

　　虽然我只有十二岁，但因为遗传基因的优势，在营养供应并不均衡的条件下个子依然噌噌猛涨。我的食量不小，餐桌上只有一碗泡咸菜或一碟黑豆豉，也能狼吞虎咽下两大碗干白饭。常常在睡梦中被突然跌落万丈悬崖的噩梦惊醒，老人说这都是狠命窜个的征兆。事实上，在教室里上课，以不挡别人视线为由，我的座位就从没有被允许从最后一排往前挪过窝。

　　在乡下，单凭个子高很容易被误认为长大了。走在路上，竟然有不知情的老婆婆把我上下打量。她嘘寒问暖，关切的眼神意味深长。眼见到了分岔路口，终于说到了她迫切需要求证的正题上："这位姑娘有没有说婆家啊？"家长里短听得多，自然知道她说的"婆家"是怎么回事。不觉脸红筋涨，一跺脚跑得老远："说些什么呀？我才只有十二岁。"留下老婆婆一脸尴尬地呆立路旁："怎么会？才十二岁就长那么高？"

然后，是她为着自己的多嘴而后怕。她也跺着脚挥舞着手臂追着我远去的背影喊：'姑娘，对不起！看我这虾眯躲眼的，不多心哈……"

她的担心不无道理。在不开放的农村，两性与婚恋话题在有小女孩的家庭里是避讳的。如果谁无意谈起，哪怕是一句不痛不痒的玩笑，人们多半认为是对姑娘的侮辱。老婆婆的话如果被我转达给暴脾气的父亲，她定会被父亲当做一条患了狂犬病的恶狗。如果我们指名道姓地说出她是哪个人湾子哪户人家的婆婆，指不定父亲会采取什么行动警告她收敛住发表失当的言语。

当然我不会把麻烦扩大。对只有十二岁的女孩来说，老婆婆虽然是在胡言乱语，但是她确实是被我高于同龄人的个子所误导了呀。首先错的不是她，而是我噌噌猛长的个子。

小孩子也是有思想的。尽管如此，再有机会碰见多看我两眼的婆婆大娘们，我会警惕地与她们保持距离。

个子窜得快最大的变化是我常常被教导要讲卫生。以前父亲从地里干活回来，屋里再乱，坝子里鸡粪鸭屎再多，桌子上堆满了脏碗脏盘子，他也熟视无睹不会张嘴开骂。但是现在不一样了。他会斥责我：

"姑娘家要收拾家务……地上这么脏，脚都放不下了。"

或许是为着节约。夏天，父亲洗头洗澡从不用香皂。冬天冷，为防着感冒，他从不洗澡，也不让我们洗澡。一年四季我们家就找不到香皂。这种生活哲学到他发现我长大了突然就变了。家里有了香皂。他以男人婆的絮叨逼迫我做出改变：

"只要出了汗就要洗澡，热天必须天天洗……姑娘家，穿着要干净，更不能身上有臭味，惹人笑话……"

哦，我懂得父亲说的臭味。后山坡有一家商店，有狐臭的李家母女走进去，惊扰了一屋子打牌喝酒侃大山的庄稼人。他们捂嘴捏鼻挑眉顺眼。老板娘不得不忍痛拧开一瓶六神花露水满屋子喷洒。待到李家母女俩知趣地离开以后，庄稼汉们议论纷纷，有的言辞绰绰地说狐臭也是因为爱出汗不讲卫生。

作为女孩子，还有一个变化是亲戚们再也不把袖口坏了的、胸膛满是污渍的、扣子大小和颜色都凌乱不堪的、拉链不起作用的旧衣服扔给我了。至于裤腿短到膝盖以下、屁股腔上打着补丁的裤子，祖母也流眼抹泪地叫我脱下扔掉。她心疼不已地说："姑娘这么大了，还在穿别人扔下的衣服？"

初夏的午后，空气里弥漫着阳光，绿树、庄稼、青草和蜂蝶飞舞的味道。麦子抽着穗在田地里欢快地摆弄着，好像平静的海面突然起了风。

郑家湾的郑三姑回娘家了，带回来几件据说在大城市批发回来的一堆花花绿绿的衣服。在地里干活的父亲听说才两块钱一件，喜出望外地把我叫到坡地上。郑三姑手脚麻利地抓起一件粉红色的长袖衫套在我的身上。

"啧啧，好看，这水色，啧啧……"郑三姑的声音在空旷的田地里回荡。她帮我扣好扣子，后退两步，像端详一个刚刚完工的稻草人。

父亲则相反，他视力不好，得整个脑袋都凑到我的面前来才能感受到我面目一新换来的朝气蓬勃。他凑到面前来也是视线模糊的。有人称赞我好看，他的眼神也是骄傲的。风停了，麦穗停止了摇摆，他的骄傲没有停止。

郑三姑称赞完毕，她又走上前来，把我衣服的胸襟往中间紧了紧。

我对她的称赞感到分外高兴。毕竟，长这么大，除了过年，难得正式地做一件完整的属于我的新衣服。至于父亲亲自给我买，记忆中这是第一次。这种感觉很陌生。我喜欢这种感觉。

但是那件粉色衣衫我一次也没有穿过。说实话，那件衣服的确很漂亮，颜色自不必说，独特的旗袍款式，中式领，黑色盘扣。也不知道是不是我长得实在是太快了，在枕头边放了一些时日再拿出来穿，胸襟就太窄了，每一颗盘扣都扣好了胸部依然会露出来。父亲第一次为我买衣服就以沮丧告终。那是父亲为我买的唯一一件衣服。

大人其实很矛盾。一方面，我在他们心中依然是个没长大的小女孩。另一方面，我噌噌长的个子和洗衣做饭打猪草的机灵又让他们心生错觉：这姑娘长大了，不再是那个年幼无知、漫山遍野疯跑的毛孩子了。父亲开始交给我更多的活儿，比如挽起裤腿下到凉冽冽的水田里往他锄好的壁坑里丢豆子，比如叫我提着竹兜去给下种的麦窝盖柴灰。

难以忘记的还有大过年的，父亲放心地把弟弟交给我，让我带着翻山越岭走几十里山路去看外婆。一路上，必须要经过一大片肃杀的松林和一个养着很多狗的大湾子。那个湾子有很多户人家，家家户户都养着狗。那些狗专门欺负胆小的陌生人，龇牙咧嘴凶恶无比。我害怕它们的群起攻击，我憎恨它们的恃强凌弱。

通过那个湾子时，面对群狗此起彼伏的"汪汪"狂吠，我和弟弟一手攥石子一手拿棍子，屏息凝神惊慌恐惧亦步亦趋。后来我常常做噩梦，梦见我和弟弟被狗追。有时是弟弟的脸，有时是我的腿被"汪汪"狂叫的狗撕咬得鲜血淋漓。

显而易见，那个噩梦与我十二岁的经历是有紧密关联的。而同时，同一个村子与我和弟弟一般大的强和英兄妹俩去外婆家，却是他们的妈妈送到路途中间的鹤山坪道士岩，他们的舅舅在岩顶上接应。他们掐时交接的时间拿捏得很准。

他们兄妹和我们姐弟年龄相当，为什么他们像宝贝一样如此被珍视？对了，我们没有母亲，母亲已走两年了。他们有母亲。没妈的孩子像根草。

但我不相信这是唯一绝妙的答案。我的个子高。我和弟弟都长得高。我们的外婆与他们的外婆都在同一个方向。站在冬日的阳光下，凝望着险峻的道士岩峰顶，我想，也许一些困难我能够去挑战。我想，我真的长大了。

大人还矛盾的是，为保证女儿家的清白，他们在外人的言语上较真，但是无端多出的诸多要求却暴露了对姑娘未来找个好婆家的殷切期许。毋庸置疑，女孩子终究是要嫁做人妇相夫教子的。

我的日常变得与以前不一样了。出门在外，要"步从容"，不能再像疯丫头一样风风火火。要"立端正"，不能够倚靠在门口，这样会显得很不端庄。即便石头沟钻井队的广场上大屏幕电视成天都在播放《射雕英雄传》，成百观众的嘘声打哨淹没了丁零当啷的钢管钻井和柴油机发动的轰响，天黑以后，父亲绝不允许我出门。

我背着背篓找姐妹们一起去割猪草，可以坐在石头上抓子儿跳皮筋，但是不允许加入到玩疯的男孩子们撅着屁股的跳拱队伍。有一次，我就参与了。蹲身预跑，目不转睛，手撑住男孩子弓着的身腰一跃而过。

"贱货！"

父亲知道后雷霆万钧。他一边用锄头勾起淌着水的稀泥搭在田埂上，一边厉声呵斥我的放荡不羁。对此，我没法回应。那是父亲第一次那么无情地将恶毒的诅咒扣在我的头上。它们听上去那么尴尬，连同父亲锄头上的稀泥巴一起搭在我的心上。我本能地羞愧，身体战栗，屈服于一种奇怪又强烈的保护。

尽管我学习成绩很好，完全有可能在学业上更上一层楼。家人依然觉得从性别角色上着手调教是首要。心灵手巧的祖母开始教我"女儿红"。她把笋壳夹在布里，剪成鞋样，垫上一层又一层碎步，外层蒙上洁白的纱布，然后用小块的塑料纱窗印在纱布上画出细小整齐的小格。她要我从最基础的"绣十字"开始。我踌躇满志地接过鞋垫和针线，在祖母的殷殷期待中开始了一个女儿家正经的伟大事业。无奈，半个小时不到的练习中，我一会儿被针扎到，一会儿走错了线。我索性把它们塞在床铺棉絮下面的稻草垫上。

一年以后，家人换床铺草时发现了我未尽的工程，纱布已经泛黄，铁针已经锈迹斑斑。祖母表情僵硬地直摇头："这也干不了，将来怎么得了……"

父亲把围裙扔给了我，教导我切肥肉时，先将肥肉蘸凉水后再放在菜板上，刀把竖着，一边切一边沾上凉水，这样切着省力，肥肉也不会滑动。

在调教我的问题上，父亲与祖母成了联盟。但那只是美丽的童话故事只起了一个开头，因为之后不久，我以优异的成绩上了地区最好的中学。我得去读住校。我有好多老师，我有好多课程要学。我的眼界打开了。至于我将成为什么样的女儿，掌握什么样的技能，不是祖母和父亲能够掌控的了。

至此，我与十二岁的那个高个子女孩相隔万水千山，时光一去不复返。

——原载《贵州民族报》，2020年8月3日

生命的流转

　　我不知道这算不算一件喜事。这一整天，我好几次因为那一刹那的风而微笑。

　　是在清晨的校园，当两千多师生正在操场集合，台上有人讲话，大家正朝向主席台专注地端详的时候，忽然起了一阵风，台上屏风矮墙背后有一棵黄葛树无数的黄葛泡儿尖尖的角在摇摆，无数或半黄半绿或全黄的黄葛树叶像纵情游戏的孩子，有的形单影只，有的成双成对，有的缕缕行行，突然从枝干上打着旋儿飘落，鳞片一样抛洒在空中，簌簌悠悠，晶晶亮亮。在黄葛树的每一个枝头，新生的叶片在呼啦啦地翻动。翻动的新绿像天空一样的纯净，像月亮一样潮润，裹挟着一股清香的气息，像孩童的眼睛一样明丽澄澈。只一刹那间，操场上响起了一阵掌声和欢呼声，真像只有血红轮廓的太阳突然射出了万丈光芒，又像圆滚滚、亮晶晶的露珠成群结队地在荷叶上滑过。我认识那种声音，是发自内心的雀跃和欢喜，为黄葛泡儿疯狂摇曳的尖尖的角，为黄葛树老叶子集体逃离的疯狂，为黄葛树新叶子的意气风发。

我好几次想起，好几次微笑。

那是只有孩子们才能发出的欢呼声，只有孩子们极其单纯的快乐才能发出的诗意的光辉。大自然充沛的给予与恩赐饱满得让人震撼。美的力量，总是叫人心生惊喜。

很有趣，屏风墙后有六棵黄葛树，独独最靠近操场那一棵给人短暂的惊叹与神奇。挨着的几棵黄葛树，一棵光秃秃的，一棵葱茏苍翠，一棵正在发新芽，独独那一棵落叶纷纷嚷嚷和，青青窈窈欢欢歌。据说黄葛树是头一年什么时候栽第二年就什么时候落叶的。那么，如果，那天的升旗仪式与以往任何一个周一的升旗仪式一样，没有那样突然的风起，没人会注意到那一棵黄葛树新与旧、黄与绿的树叶正在交接。就在那样的时刻，那样的一阵风，如回光返照，让每一片老去的叶子都容光焕发。在集体脱离母体的刹那，在不舍与断离的飘飞之中，重建一个和谐而又完整的新我。爱注定是要别离，你来了我就可以了无牵挂地退出了，你若安好便是晴天……它们对此交接有经验。去年的某一个春风里，如初生牛犊，它们也是如此新芽萌动纷纷把旧的叶片取代……去年的这个时刻，他们也是这样，每一片稚嫩的叶片都充满纯净和闪亮的光泽。他们清楚，没有壮士断腕的狠绝，没有千般不舍中放手，没有在万分留恋中退出，就没有生生不息，生发万有。黄葛树叶的一年就是一生，对于世界的悟解，是一切悟解的丰富与光华。

就在那一刻，让操场上每一张注视盛景的小脸都容光焕发。春天与孩子们以这样的方式建立起了关联：生命、爱、美、此起彼落、孕育无穷。大自然的上乘之作，就是这样毫无预警。孩子们不由自主地雀跃，他们是天生的艺术家。自小开始，从做学生到当老师，我参加了几十年的升旗仪式。这个春天的早晨，瞬间猛烈的风，予舍予得的生命交接，两千多孩子同时欢呼的盛景，注定成为美学意义的永恒。我想，无论多么技艺超群的工匠，也无法刻出那一刻欢悦与深沉的神韵。

我微笑着，久久沉浸在那一刻的生命交接仪式中，同时庆幸自己还保留着对美的敏锐。

风匆忙停歇了，黄葛树重归于平静，台上的讲话没有停歇，孩子们收敛起了脸上的笑容，操场再次安静。满地都是落叶，似乎在发出枯黄的簌簌声。再静一些，可以隐约听见屏息凝神的孩子们内心深处的悸动，被唤醒的视觉、听觉，如大海上被日光照亮的蓝色波浪，翻滚着，一浪盖过一浪。一种叫做生命或者智慧的东西自然而然地觉醒了——消逝与苏醒，生长与凋零，不舍与分离，腐朽与新生，如此绝妙平衡地在那些温热、光润和富有想象力的脑袋里流转起来。

——原载《长春日报》，2021年5月7日

聊赠一枝春

校园西北角栅栏外有一墙迎春花，是地下车库出口靠左的围墙内侧长出来的，墙高两米左右，有七八十米长。因处于背街小巷，且不在居民区，鲜有人知。当我说去看望迎春花的时候，有同事惊讶地瞪着眼睛："还在不在啊？"他的疑惑是有道理的。历经去年夏天的高温与秋冬季节的连续干旱，那么贫瘠的土壤，迎春花还能存活吗？

这是今年第三次去看望它们。每一次都没有让我失望。两周以前，尚在寒假期间，第一次散步到那个角落，掰开缠绕在铁栅栏上的藤蔓，将身子凑到近前往外望，只看到了零星的几朵小花。迎春花的朵儿都是小小巧巧的，花瓣很薄很柔，指甲般大小，但是很耀眼，是明丽的鹅黄。几根洁白的花蕊被花瓣环绕着，细细的，柔柔的，嫩嫩的。一朵一朵眉眼儿清秀，如雀鸟般机灵。最爱的是花儿绽放得多了，越来越多，热热闹闹，一排一排，一串一串，挤挤攘攘，摇摇曳曳，如浪涛起伏。去年我就遇到，明亮、鹅黄、鲜艳、小巧的这一墙迎春花汇成的宏大盛景，春日的盛景。

迎春正启流霞赋，脱兔安能裹足吟？在平淡的四季日常里，聊赠一枝春。一小朵知心达意的迎春花，是何其丰富何其充沛给予人热力和向往啊。

漫步校园，久不见雨的缘故，樱花枯萎着细细的枝干。桂花与黄葛树倒是茂盛，但是密密麻麻的叶片上蒙上了一层灰。紫薇的繁殖力很强，每个花台里都挤满了，枝头被园丁修剪过，整齐得有点儿哗众取宠。广玉兰紫色的叶子微微卷曲着，如一些耄耋老人的脊背无力地拱起来。

那一墙迎春花，茎藤或直立或匍匐，长长短短，缠缠绕绕，看不见发端在哪儿。也不清楚是被冻着了还是被旱着了，有很多茎叶都呈枯败状，色泽灰褐，残破的干叶子嵌落、夹杂、堆积在茎藤上，实在是有碍观瞻。

但是它们却开花了，在春寒料峭中绽放出柔嫩的花朵，浓浓烈烈，蓬蓬勃勃。每去一次，看见的花朵都比前一次多，我就越来越欣喜。眼下，开得最好的那一处垂下的一条条长长的花枝，如果用来做戴在头上的花冠，可以绕两圈吧？谁不欣喜呢？自隆冬季节里复苏的眼眸，见到花儿时怎么不感动怎么不欢喜鼓舞呢？如果花儿有灵性，定会知晓我是多么倾注心力，对它们是多么关注怜惜。我注视着它们。那么，我的默默注视与花儿的努力绽放都是彼此心领神会的感恩礼仪。我与花儿都同春天在一起。花与春融，春与花宜。人与春融，春与人宜。

偌大的校园，唯独迎春花开。无旁的花争宠抢媚，它们似乎很孤寂。可是，迎春花有迎春花的慎独和高贵，内心澄澈，心怀明亮，明白依时序报春就是自己的天职。有没有谁去关注都不要紧，它们澄澈和明亮的灵魂首当其冲地感知到春天的气息。开花最早，然后才迎来一年一度百花齐放的盛事，自然能心无旁骛盛享到生命的葳蕤与蓬勃。

想起一个耳熟能详的故事：孤独的王子一直找不到好朋友。一个落魄的姑娘敲开了王宫的大门，她被暴雨浇得全身湿透，雨水流进鞋里，又溢了出来。她说她是一位公主。王后为了考验她，就在为她准备的床榻放上一把豌豆，床榻上面搁了二十层垫子，垫子上又放了二十床鸭绒被。第二天，公主说，不知道床上有什么东西硌得我一晚上睡不着。王后因此断定她是位高贵的公主。王子也找到了真正合心意的伴侣。

这是安徒生的童话《豌豆公主》。能不能感知到床垫和鸭绒被下的豌豆，有很重要的意义。床垫和鸭绒被会阻隔世人的感知，慢慢消磨对世间万物的清醒认知，豌豆却会在适宜的时候突然从休眠中苏醒过来，吸收水分，通过细胞膨胀伸展出根和芽，长出一簇藤叶，开出紫色的花朵，结出丰硕的豌豆荚。之后，随季节轮换，生生不息，满面春风，向爱而生，向新而生。

历经高温和干旱的那一墙迎春花是四季高贵的公主，也是床垫和鸭绒被下的豌豆，蕴藏着生命的希望和遗传的秘密。

——原载《重庆晚报》，2023年3月14日

寻柳

傍晚开车去到滨江路东段，不经意与一株杨柳邂逅。她披挂着一溜溜新绿，凭江临风，衣袂飘飘，婀娜多姿，若仙若灵。霎时，欢喜在暮光中回荡。这是春天的信笺，春风的生机。杨柳是报春的使者，春来了！

每年，我都特别在意杨柳的发芽，从枯枝上一个个不起眼的鱼卵一般的绿苞开始，到鱼眼睛一样越来越饱满，到饱胀地破壳而出……从星星点点的芽尖，到没睡醒的嫩芽，到舒展开来的一簇簇一片片舒展的叶子，到蓬蓬勃勃的柳枝垂挂……柳树每年只发芽一次。而她由绿苞发出叶芽的时间极为短暂，一个晚上，一个白天，甚至某个早晨的一刹那，要么是沐浴着暖风丽日，要么是披挂着清辉夜露，要么是清亮的雨水冲刷过后，蓦地，一瞬间，她就冒出了芽尖，长出了翠绿的叶片……孕育，出生，成长，生命总有大致的规律，值得去细细端详。

错过了，就是错过一个季节。

而我总是不愿意错过。我无法精确地描绘我是多么在意。或许是难以言状的美，或许是光影里的希望，或许是终于渡过寒冬蓄势待发的信心。或许什么都不是，只感动于周而复始的万象更新，生命焕发生机的本能的意义。

这就是为什么碎碎的绿点与柔风中的细柳在诗里画里反复出现。"何处未春先有思，柳条无力魏王堤。"信马闲情，一直到落日西斜，何处可以寄放白居易对春天的渴求？啊，真是太好了！魏王堤上柳枝悬垂，春意已经萌动。

一代又一代人在读到贺知章的《咏柳》时，会有一种清新舒爽的情怀。那是一种怎样的春柳啊？一身嫩绿，亭亭玉立，楚楚动人，麻雀、杜鹃、燕子、画眉，二月的飞鸟也为之倾倒，叽咕叽咕，叽叽喳喳，滴沥滴沥，无限依恋地呢喃着扑入她的怀中。"两个黄鹂鸣翠柳，一行白鹭上青天"……

可是春光又是转瞬即逝的，这心之向往的美又是转瞬即逝的啊！年年岁岁，二月不会停留，柳叶即将走向葱茏，走向凋零，葱茏也不会贮藏很久。"谁道闲情抛掷久？每到春来，惆怅还依旧。"曲折精细的心事并不停留在五代南唐。"枝上柳绵吹又少，天涯何处无芳草。"春风扶摇，风絮飞扬，残存的柳絮越来越少，满目萋萋，春柳承载着无法释怀的忧愁。"昔我往矣，杨柳依依，今我来思，雨雪霏霏……"人在征途，人生春秋，谁能千帆历尽，归来仍是美少年？

流连烟柳下，看江波浩淼，思绪涛涛。江南好，风景旧曾谙？春光依旧好，步道寂安然。疫情当下，不知道这多情拂面的杨柳，是李商隐的灞桥折柳，渺渺绵绵，丝丝悠长；还是欧阳修的思君恋柳，生离死别，锥心刻骨；或者真是贺知章的绿丝绦在婆娑？无人应答，唯见天空闲云悠悠。

——原载《重庆科技报》，2020年3月12日

三十年前，我寄过一张明信片

夏日，与树良同学商量着请中学时的师友们聚聚。一来，新近出版了长篇小说《石头沟》，未免沾沾自喜，急着向他们汇报。二来，树良恋着昔日同学情谊，自掏腰包买了一百本书拟送给每一位同学。我感动着这份富足恋旧的情怀，理应回敬薄酒一杯。

聚餐时间定在七月某个晚上的六点半。我委托了在母校担任体育老师的涛哥邀约同学们。我负责给经常参加活动的几位在津老师打电话。柴老师八十高龄，虽行动不便却欣然答应。性情活泼的谢老师满口应允。刁俊老师人在外地不能参加。向东老师很忙，正是暑假，琴行负责人兼亲自授课，他要八点半才下课。他说："这个点你们都已经酒醉饭饱，家常也已聊尽。这一次我就不扫你们的兴了吧。改日我做东提前邀约大家小聚。"我说："那就八点半再来吧。我把餐厅定在琴行附近吧，方便您快速赶到。"我斟酌着字眼，唯恐他不能参加。要知道，书中有以他为现实原型的角色塑造。向东老师同意了。

那家餐厅叫"尚座"，位于江津新兴闹市的转角处。尚，尊崇、注重，与"上"同音。座乃恭词。"尚座"也叫"上座"。一直以来，师友们对我有诸多无条件的关爱，他们配得上这个至尊的"上座"。我预定的包房在三楼，可以坐16人的大圆桌。包房外是一个宽阔的平台，有休闲桌椅，有绿植，可以围坐聊天，可以看星星，还可以欣赏街市绚烂的夜景。是巧合？还是潜意识的指引？这个浪漫的环境显然适合艺术气质浓郁的向东老师。

聚餐的气氛一如既往的活跃、纯粹，充满了青春的朝气。每个人脸上都落满了夏日的霞光。在一起的同学们，取得什么成就不要紧，也无须去计较身份与地位的高低，更不会苟求财富的多寡。大家欢笑着举杯，真诚地叙说，自然、生动的言行是如此默契地配合着珍贵的记忆，恍若纯真的时光从来不曾流逝。昔日的同窗，诗不求同韵，曲不求同调，各美其美，各有各的精神。当然，因为我是东家，还有以作品出版为噱头的主题，师友们也照顾着我的感受，说些托人飘忽上云天的话语。谢老师慷慨陈词："你能有一份体面的工作，还有一个高雅的情趣，都源于生活在这个时代。你要感谢时代。"耳朵已不灵敏的柴老师也兴致很高，她郑重其事地发言，说："我为你们的成就骄傲。你们业务做得再大，荣誉再多，也别把骄傲挂在心上，要挂上'初心'才对。"她停下了。我琢磨着她话还没说完。她虽然用的是"你们"，但是眼神却是朝着我的。果然，她目光灼灼，继续发言："云霞，你是一个优秀的教师，你按照自己的心意，凭着自己的专长，平凡而有尊严地见证书写着时代的变革。你了不起！"大家一边喝酒一边聊天，不知不觉到了八点半。我悄悄关注着手机。向东老师发来信息："你们还在吗？"

我急忙回复："还在。大家都等着的呢。"

"'好又多'超市旁边那个三楼吗？我马上过来。"

"电梯上三楼。我下楼来接您。"

向东老师到来，举座鼓掌再举杯，晚宴气氛在亲密无间的欢笑声中蔓延，达到了高潮。

树良不允许透露他掏钱购书相赠的事实，只是提议我务必在每本书上签上名字。他说："一周以后我召集分享会，每人必须就读书心得发表感言。"于是，有人起哄："分享会至少开三次，几江的、白沙的、珞璜的轮换着做东。"

笑声朗朗中，我心照不宣地拿出事先准备好的签字笔。我知道自己书写不好，也刻意挑了一支方便书法体的粗笔芯。到场的有三位老师，十位同学，都写什么好呢？想了想，我在送给老师的书上写了"师恩似海"，在给同学们的书上写了"一世情缘"。文字不同，表达的都是感恩。

一笔一划签好了名，我郑重地把书送给了到场的每一位师友。向东老师拿到书以后，打开扉页，很认真地研究了我的签名，然后微微一笑，若有所思地点点头说："有当年笔迹的影子。"我以为他在笑话我的字写得丑，连忙自嘲说："您就别说了好吧？前几天为这个还被我们校长批评说像小学生写的字。"他抬头看着我，没说话，依旧笑意盈盈，那目光暖到把人融化。一会儿，他微信发给我一张照片。放大细看，是90年代我十六岁时在师范校给他寄的一张明信片。正面是什么样的图画不知道，他发的是背底，文字内容清晰可辨："尊敬的邹老师，在与春天接壤的季节里，祝福世上最美好的事物永远陪伴着您。永远铭记您给予我生活中的那一缕温馨。"署名是：学生，刘云霞。日期是1991年元旦。我哑然失惊。原来这世界还有人为我珍藏着这么幽深的角落。我有收集一些有意义的物件的习惯，从来没想到自己也会是别人的意义。

更惊奇的是在后边。气氛很热烈，喝酒，拍照，不亦乐乎。夜深了，大家依然意犹未尽，离席的时间一直往后延续着。接近尾声的时候，向东老师说："作为师长，当时我特别喜欢两个人，一个是云霞，还有一个是刘莉。"我不禁接嘴："刘莉我知道，低我们一个年级，唱歌好听。因为得到您的宠爱，当年还吃我的醋。"说完不禁默然了。做了很多年学生，当了这么久的老师，也有很多志同道合的朋友，"喜欢"这个词或许能够在不同的场合体会得到，但是从老师嘴里当众亲口说出恰恰我亲耳聆听到却是第一次。

回想种种，不免感慨万千。翻滚的往昔宛如珍珠。

中学时代，家里异常艰难的日子成为我前行的动力。在整个初中三年，我不曾有片刻的懈怠。我的努力又得到同学们的一致肯定。顺理成章，我总是获得优异的成绩。我勤奋好学的态度感染着他们。自然，我也赢得了老师们的一致欢喜。

柴德容老师对我的喜欢是从眉眼到骨子里。记得她曾把曹容老师拉到我的面前，故意逗我说话。曹老师教我们英语，年轻漂亮。那时我的英语成绩并不好。曹老师要接话茬，她却用手肘轻轻触碰着她，悄悄说："让她说。"这一切怎么能够逃脱我敏感的眼睛呢？如果不是发自内心的赏识，她怎么会有耐心听我那毫无色泽的胡言乱语？耐心倾听就是鼓励。我始终认为，后来我的各科成绩都均衡发展，名列前茅，是那次"意外"埋下了伏笔。

谢定钦老师是柴老师之后来到班上的。他是我们初二时的班主任。为了让我得到更好的锻炼，所谓德智体美劳全面发展，他想方设法。在与学校团委书记向东老师商量后，他把班长袁方茂同学推荐到团学委，让树良同学任班长，刻意给我挪了一个团支部书记的位置。当然这些都是很多年以后才得知真相的。

向东老师只教我们音乐。他的器乐很厉害，有键盘手的美誉。学校团队活动风生水起。当时学校有一个校刊，是向东老师一手创建的。他常常把一些稿件交给我修改，还叮嘱我尽量不要违背作者的本来主旨。我的第一次演讲是在他的目光期待下走上讲台的。有一次周末，他叫我和钟志海同学去他家里吃中饭。少不更事的我竟然把廖宇霞、刘再涛等好几位同学一并叫上，潮涌而至。说是家，其实是教学楼顶部的阁楼，面积不大。从窗户望出去，视野开阔，前面是一大片庄稼，往后是连绵起伏的鹤山坪群峰。他很喜欢那个阁楼。他说，在朗朗的书声中，有诗和远方。听说，后来他调进了城里，在油菜花成片绽放的季节，还设法与别的老师商量——阁楼已经是别的老师的宿舍了——回去在阁楼上住过一晚。

他煮饭的工具就是电饭锅和煤炉子。煤炉子搁在门外的石阶上，炒菜时人只能站在下一级石阶。在他面积不大的宿舍里，我们闹闹嚷嚷地围了一大桌。他毫无愠色地忙进忙出，还有条不紊地吩咐我们这个剥蒜，那个洗姜。每个人都有事做，不亦乐乎。那天是我第一次见识蕃茄肉片。红的茄汁，青的葱，敲碎的白的蒜瓣，薄薄的肉片，酸酸甜甜，既饱眼福也饱口福，几十年间一直余香袅袅，散发着撩人味蕾的气息。

同学们对我的包容与帮助就更多了。他们很真诚，认为我的成绩优异是理所当然。我似乎也一直在理所当然地默然接受他们的馈赠。这一切，最终靠知识改变命运的机会垂青于我成为了可能。

只是向东老师后来调离了我的母校，再后来又离职南下闯荡多年，再见面才是最近一两年的事。如此辗转，那张明信片竟然保存完好。那已经不是明信片了，是被打开的潘多拉盒子，释放出的无论是情谊、青春、笨拙还是义无反顾，都在此刻再次真切地绽放，并被包容与体恤。一路走来，我不知道向东老师遭遇过什么。但我清楚自己经历了很多却从不曾陷入绝望，正是缘于如许相遇相知的种种感动。生活不易，也不至于那么艰难。在时间的流里，好好活着，就是彼此珍重，互相守望。

再看手机屏幕上的明信片背底照片，笔画弧线多，字的棱很多，角也很多，可就是有架没有力，一如十六岁少年的我张牙舞爪，立不稳的样子，一点儿不好看。所幸虽然算不上什么体，但不妨碍作为交流符号的表情达意。是黑色的笔墨，乍一看，不深，不浅，虚实相间，恰到好处，裹住了似水流年。

——原载《重庆晚报》，2022年2月19日

工作群里通知提交2.0培训作业，哎呀，还剩下一周时间不到了。可是我问卷星调查、上课视频、EV录屏软件等信息技术一样也不会。

"怎么办呢?"看到群通知，办公室里一直以老大哥自居的周光友着急地问我。

"还能怎么办?学呗。学校的年轻老师多，别说2.0，就是信息技术4.0，他们都是一等一的学霸。他们会了，我们也会。"同事们一致推荐向隔壁办公室的杨彩妹妹请教，说她不光是第一个完成所有作业的，还指导好多人完成制作了。向红姐的100分也是她指导完成的。事不宜迟，趁热打铁，我对周光友说:"那你赶紧去向杨彩妹妹学习，然后回来做我的指导老师。"

接下来三天，上完课以后，周光友在两间办公室里进进出出忙得不亦乐乎。

一会儿，他在隔壁办公室的电脑桌旁听老师们教授要领，认真聆听，记录好操作步骤。信息技术的师资队伍已经由杨彩妹妹扩编到所有年轻教师了，他们都很乐意为大龄教师的成长做领路人。电脑桌旁时常簇拥着好几个叽叽喳喳的脑袋。

一会儿，他又喜不自胜地跑过来，坐在电脑旁对照笔记一步步制作。那是一个师传身授又互为激励的形态，师带徒、传帮带、青带老是如此的满面春风生龙活虎。学情分析报告是纸面作业，那个不难。技术支持的课堂导入需要创设情境，设计视频，看起来程序很复杂。一节课就这么勤恳地来回跑几趟，他居然就设计好了文稿，还做好了有图画有音乐的PPT。

"就差录制视频提交了。下节课麻烦你帮我录一下。"周光友够着身子把手机递到我面前，骄傲的灿烂笑容，满脸都是流动的光彩。

孩子们在安静地等待着。我举起手机在教室后面站定。

他设计的《美丽的小兴安岭》一课的导入。他一边用语言描述着："我们祖国幅员辽阔，山河秀丽……"一边在黑板旁宽大的一体机屏幕上将亲手制作的课件图片展示：北京长城，北京故宫，黄山奇石、江津四面山……伴随着舒缓轻柔的音乐，最后定格在小兴安岭的春景图上。

孩子们凝视着一幅幅美轮美奂的画面，眼睛里满是惊叹，有的禁不住张大嘴巴，有的忍不住发出了啧啧的赞叹。教学内容、方法、效果统一，教师激情与学生兴趣同步，三分四十八秒的现代信息技术就是如此神奇。

向一群八九岁的小学生用嘴巴描述那么大容量的风景名胜，同时进入学生大脑被绘制成与自己的描述相匹配的画面，可不是简单的事。这是教师的智慧叠加现代信息技术劳动创造的价值。

视频录制完毕，周老师满面红光走下讲台，连声说："是不一样，自己设计，自己制作，自己播放，是不一样，以前都用别人现成的东西，似乎总是隔着一层膜，不一定契合我的班级。看来，我这半焉老头儿也要与时俱进啊！"

可不是么？信息时代，知识更迭速度加快，如果在思想、方法、手段与工具上不与时俱进，必然会落后于时代。信息素养是现代教师必备的素质。

回顾28年的教学生涯，最开始接触计算机是2000年左右，那时我在偏僻的乡村小学任教。住在我楼下的同事买了一台计算机，成天念着我听不懂的字根口诀："王旁青头戈五一……"同事鼓励我也跟着背，说迟早会有用的，还告诉我计算机接上电话线可以上网，网上东西可谓丰富。

2002年我从乡村小学调到白沙镇双槐树小学。那是一所在重庆市内享有盛名的历史悠久底蕴深厚的学校。学校参加了市技装中心的一个课题"远程教育模式一"。实验班级教室黑板旁边的墙壁上挂了一台电视机，下边的柜子里放着一台DVD机，然后配合教材有一套教学光盘。同事韩英老师在执教课题汇报课的时候，围绕知识点反复播放光盘再穿插必要的讲授，老师们兴奋地嚷嚷："这设备好先进。"

时光的车轮滚滚向前。

2005年，学校的远程教育课题实验由模式一升级到模式二，设备也由教学光盘的播放升级到卫星教学的收视。装备不仅有电视机、DVD机和教学光盘那么简单了，增加了数字卫星接收机、接收软件、计算机、转换器等工具，存储量大，覆盖面广，可以收看空中课堂，获取音频、视频、作业设计等多种媒体功能。

作为先行实验单位，学校安排我面向渝西片区做课例展示。两周的准备时间里，市技装中心老师三次到校手把手指导操作，还反复叮嘱我："你可是整个渝西片区的导师啊，可要熟练掌握技能。"

那堂课，我讲了七律《长征》。台下几百名教育同行目不转睛地看着我熟练地点击计算机按钮，然后就有了不同版本的男声女声的范读，还快速呈现了一寒一暖的金沙江和大渡河。下课后，带着学习新技术任务的老师们蜂拥到讲台前，亲自操作着那台教学计算机无不啧啧称奇。

2007年的秋天，全校、全镇、全区教师以足够的热情夜以继日地投入了"现代教育技术"的培训。授课的老师是区教委统一安排的教师进修学校、江津中学、聚奎中学的计算机老师，他们都是年轻的信息技术能手。

回过头去看，当时只是跟随授课的老师学了word文档的编辑、简单PPT的制作、以及电子表格的数据处理等。但是面对陌生的文件菜单指令，我们依然莫衷一是，诚惶诚恐。不知是谁说了一句："里面的东西多得很。"是啊，在日新月异的新技术面前，不学习，永远无知。自此以后，学校有了专门的计算机室，学生的信息技术是必修课，网络环境下的教学教研也逐渐成为日常。传统的"一支粉笔一张嘴，一块黑板一本书"的教学模式成为了历史。

如果要问我们每一次在掌握新技术本领时有没有惊慌失措，不用怀疑，那是肯定有的，还有短暂的忙碌，但是没有恐惧。如果说还有什么感悟，那就是虚怀若谷地学习，谦逊地向年轻人请教，在这个领域，他们是导师。

——原载《重庆日报》，2022年9月9日

常规教学被疫情打乱。

周一，上午直播网课过后，我在家委会群里吆喝了一声：拜托各小组通知一声，每天下午4点20分，我将在班级微信群里带领孩子们诵读诗歌。

得到开展线上教学的消息后，我就准备这么做了。带领孩子们诵读诗歌，用诗歌滋润他们丰富的心灵，这是我乐意做的事。

只是，孩子们喜欢吗？家长朋友们支持吗？

4点20分，我坐到电脑前，忐忑不安地发语音问候："下午好，同学们！"

"下午好，刘老师！"有的孩子用语音，有的孩子发文字，很快就是一长串回应。

心情一阵激动。我继续发语音："我要把文字的芳香，化作美丽的诵读，送给你，我的孩子们！"

有孩子迅速回应："我要把文字的芳香，化作美丽的诵读，送给您，我的老师！"

很自然的，紧接着又是一长串的回应，如汩汩的清泉撞击山石时发出的声响，童稚、清脆。

我把事先准备好的金子美玲的童诗《向着明亮那方》贴在对话框里。我引导孩子们去想象与思考：灌木丛中的小草，暗夜里的飞蛾，住在城市和乡村里的孩子，都在坚强地生长，向着光向着明亮飞翔。

带着理解带着感情，孩子们诵读的声音从屏幕里传出来，44秒、41秒、53秒、55秒，或快或慢，或低或高，像海上轻轻翻滚的波浪。

我感觉自己不是对着屏幕，而是站在教室里的讲台上在看着孩子们自由朗读。他们专注地看着黑板前方的大屏幕，眼神发亮，嘴角扬起微笑，把一个个字符读出有声有色的美感来。

透过文字，我们一起看着灌木丛中的小草卯足劲儿伸长脖子，接收从茂密枝叶的缝隙里洒下的阳光，我们目睹夜里的飞蛾一次次张开翅膀扑向灯火闪烁的方向。

我们在读诗，也在读坚强的自己啊！

周二下午4点20分，我又如约坐在了电脑前。没有预约，没有通知，孩子们到得很整齐。我们互相问候，听得见的声音，看得见的文字，满屏都是真诚。我们一起诵读金子美玲的《我和小鸟和铃铛》。

"我和小鸟和铃铛，他们都好在哪里呢？"我问。孩子们说，他们各有各的优点。小鸟会展翅飞翔；铃铛会发出美妙的声音；我会奔跑，会唱歌，会画画，会跳街舞，会主持，会跳绳，会写一笔好字，会写一手好文章，会计算，会洗碗，会放飞梦想……我们有缺点，我们有优点，我们各有所长，我们不一样，我们都很棒！

他们在读诗，也读出了自信的力量啊！

接下来，每天下午，我们相约诵读时光，我们相约金子美玲的《狗》，相约鄂西女孩的《一碗油盐饭》，相约艾米莉·狄金森的《没有一艘船能像一本书》……许多时候，爱与付出，也是对自己的救赎。

在讲解和范读《一碗油盐饭》时，我因入情太深，喉头哽塞，几次发出语音又赶紧撤回，遂在屏幕上打出文字："对不起，我流泪了。"孩子们也发出文字："泪流满面。""泪水夺眶而出。""我妈妈在一旁好伤心。"

以诗为媒，走进彼此的内心，触摸彼此的感受，这就是诗歌的魅力。

我爱读诗，偶尔也写诗。可是，我并不是要将孩子们都培养成诗人。我只是想做个榜样，生活里有一颗诗心会永远充满希望和快乐；我只是在教他们，拥有一颗充满希望和快乐的诗心时，可以从中学会悲悯，懂得感恩。

我问孩子们喜欢吗？又是一阵浪潮翻滚，孩子们的回答络绎不绝："喜欢！""很喜欢！"诗歌本身并不重要，哪个孩子的书架上翻不出来几本童诗童谣呢？共读，共情，我们的眼前是温暖的、有力量的。这很重要！

冲动容易，付诸行动很难，持之以恒地付诸行动更难。上午国家课程直播，下午网课诵读，要用心备课，还要看作业，说不累是假的。

一天下午，我的头昏沉沉的，很不想动。我想着给自己找理由：为什么一定要做这件事呢？没人要求我这么做，不去做也不会有人批评我。不是也有家长在关切地询问："刘老师，您累不累？"

但是，我已经坚持好几天了，我怕孩子们如约守在屏幕前听不见我的声音心里会失望。还有，家长们的嘱托也让我必须坚持——

"孩子的学习还请老师费心，我又要出任务了。看见您在问哪些家长在防疫一线，怕耽搁孩子学习，我也就说出来了，谢谢老师。"

"刘老师，我跟歆然爸都在一线，不晓得娃娃最近学习情况如何。您辛苦啦！"

······

我不能辜负他们的信任。或许，对于家长来说，教师更像是守护神，无论自己身在何处，只要老师在线，他们就能安心。家校信任是双向的奔赴，人海茫茫，途经彼此，我自会珍惜。既然承诺，就不能逃避。我岂能随意逃避？

于是，下午4点20分，我又如约坐到了电脑前。

人间真善美，只管去爱。与孩子们一起读诗，我在耕耘，我也在收获。

——原载《重庆日报》，2022年11月20日

窗外

晚饭过后，我是被鸟叫声吸引到窗前的，不是麻雀的吱吱喳喳，是一种悦耳清脆的嘀哩嘀哩。我扑到窗前看清了它的样子，在夕阳的余晖下它浑身乌黑发亮，尾巴一翘一翘的，好像是燕子。

中庭的花园里，鸟儿停留在一棵桂花树枝上。进入视野的那些乔木、灌木和野草都有了新叶片了。杏花开了以后，就可以赏桃花了，桃花谢了，杜鹃就会盛开，杜鹃辞别，就该有牡丹了……四季轮回，没有一朵花会掉队，也没有一片叶子会迟疑。

突然我听到了孩子的歌声，就在我楼下。唱歌的孩子是个小男孩，只有小男孩才那么淘气地唱歌。他一边唱一边嘻笑，歌声和笑声都窜上了我的窗台。仔细听，有人在打着拍子为他喝彩，喝彩的声音有些苍老。我想起来了，那是他的爷爷。往常祖孙俩一老一少喜欢在晚饭后出去溜达，爷爷打打太极，孙子玩玩陀螺。我感动了，为他们在非常时期也能如此单纯快乐地歌唱。

力量与希望就在于此。

男孩的父母我认识。他们是一药厂的职工。我没有听到他们的声音。此刻，他们是在单位坚守岗位呢，还是如我一般安静地伫立窗前？如果是后者，一定也与我一样听着这一老一少的歌声与拍子之后，微微一笑，然后担忧着远远近近的人们，确诊的、疑似的、居家隔离的，亲人、朋友、熟识的、陌生的……他们都还好吗？

天色已晚，五颜六色的街灯次第亮起。小区门外的朗山公园很安静，车少人更少，寥寥无几，起伏的江涛在节日的灯饰布景里格外清晰、真切。

公园里，节前布置的街灯美得有些落寞，早开的海棠在街灯映衬下红得艳丽。干净的步道响着沙沙的风声，再远处的广场上也空无一人。以前我曾嫌弃那个路段不安静，此刻我却多么渴望散步的人流熙来攘往，从容不迫。

这个春节，很多事情都让我心潮起伏，每个人都在为防控疫情做着自己的努力：清洁工人一如平常地清理垃圾桶及楼道卫生；各地组成的医疗队伍驰援武汉，陆续到位；朋友圈每天在传递着关心和问候……

夜已深，窗外一百米以外是为全江津区老百姓生命健康保驾护航的疾控中心。连续好多天了，这里的灯光通宵达旦地点亮，比任何时候都亮。

致敬疾控人，致敬医务工作者，致敬所有舍小家为大家战斗在一线的英雄们。

打开手机刷屏，医护一线过生日的同学发来的信息再次让我涕泪涟涟："同学们，大家不必恐慌，全区展开了拉网式排查。我大年初一就加入这个队伍了。请大家宣传不要聚会，等解除警报后，再请大家喝酒赔罪。"

是啊，作为普通老百姓，我们所要做的，我们所能做的，就是好好听从指挥，不添堵不添乱。坚持下去，我们终将迎来胜利。

——原载《重庆日报》，2020年2月3日

第三辑

消逝与苏醒

我出生的地方叫石头沟，是一个三面环山的夹皮沟。说是山，也不见得有多高，不消半天时间，足够我往返好几个来回。剩下的精力还可以从石板铺成的坝子边上轻松跃过那块栅栏，在菜地里翻找一会儿架子上带刺点儿的黄瓜，再到青石围成的井沿边察看一下长势旺盛的芦笋和水草，逗弄会儿在清澈见底的井水里摆尾游动的小鱼儿小虫子，抬脚就来到沟田土埂上采摘紫熟的桑泡儿。

山坡上的泥土很怪，不是细细的沙土，不是肥沃的壤土，也不是泥人张用来捏泥人的黏质土，而是夹杂着很多石谷子的红土。石谷子一粒一粒的，也有很多粒黏在一起的，单单用手捏不碎搓不碎，至少得穿着硬底鞋用脚使劲儿用力才能碾碎，碾碎了就是一堆红色的粉末儿。有的石谷子又尖又硬，踩上去硌脚，脚板心会疼。我想象过，如果不小心摔倒在石谷子坡上，额头定会披红挂彩。如果身子躺倒下去从石谷子坡顶滚到沟底，皮肉一定会被硌出很多血窝窝。

沟里不多的几户人家院子里都栽有三五棵果树，春天桃李花开，霜降柿子红灯笼。馋嘴的小孩子天生会找乐。他们像猴子一样，纵身一跃，双手攀上了缠绕在树上的藤条，身子顺势一荡双脚就落到另一棵树丫上了。从一棵树荡到另一棵树是一种乐，够着身子伸长手臂挑选枝端的果子往嘴巴里送也是一种乐。山沟里的孩子识别果子的优劣凭的是天赋。枝端向阳，因充分的光照与氧气，果子自然长得个大、水灵好看，味道更是呱呱甜。

那年端午节后，天黑了，星星躲在云层中还没出来。贪吃的堂哥陶醉地仰躺在李子树叉上吧唧着嘴还摇啊摇。坏脾气的祖父出门收竹竿子上晾晒的衣裳，老眼昏花只见黑黢黢一坨影子在树上晃荡，顺手抽起长长的晾衣杆一阵猛戳。竹竿子冷不丁戳过来了，戳到胸膛下巴尖了。堂哥赶忙伸手把竹竿紧紧捉住。祖父用力，他也用力。祖父要收回杆子，自己反而被一股神秘的力量牵拉着不由自主地往黑影近前去。他脚下一个踉跄，慌忙扔下竹竿弓着身子嚷嚷着往屋里去："老太婆，有鬼啊！"

惊得在灶房翻炒着青菜的祖母手里的锅铲也哐当掉落在地："老头子，哪里有鬼？"

"有鬼！李子树上有鬼，还会使魔！"

锅铲来不及捡，也不管锅里的菜会不会过熟，祖母跟随祖父匆匆来到李子树下。隔壁被惊动的三叔、五叔，满头满身泥墙灰的堂哥也相跟着出门来。星星依然不见踪影。恍恍惚惚的，那团摇晃的黑影已经不见了。

祖母没好气："小题大做，大惊小怪，无事生非，哪里有鬼？老头子，咱不做亏心事，哪有鬼敲门？"

"这年头还闹鬼？"三叔不信邪。

祖父不服气，拿起竹竿子又往树上猛劲儿戳。戳一下，怎空的呢？往回收，再戳一下，怎么还是空的呢？再往回收……奇怪，竹竿子竟然乖乖在祖父手里收放自如。刚才那股引力呢？那分明是一股强大的吸人入黑洞的魔力啊！

祖父哪里知道，就在他进门的瞬间，堂哥纵身一跃从树上跳下，缩着脖子擦着墙根逃回屋里去了。

装鬼放鬼是堂哥，怕鬼捉鬼是祖父。三叔狠狠瞪了堂哥一眼，他看穿了作恶的儿子装模作样的把戏。祖父坚称是他早年夭折的二儿子回来看他了，只不过这次不是化作蜘蛛从梁上蜷着身子垂下，而是变成一团神秘的光影躲在树上。就是这样，这之后，没有鬼的鬼故事就长了翅膀在山沟沟里飞来飞去。

石头沟是由一个密密的竹林围起的小院，没有院门，石谷子筑成的泥墙屋顶上盖着黑瓦和稻草。往北有一个宽敞的豁口，一条窄窄弯弯的小路伸向沟外的村庄。不知是爷爷创世纪的成果，还是大自然的鬼斧神工，往南对面的斜坡上，有三块光溜溜的大石坝子。一块钝角三角形状，一块不规则的椭圆形，一块长方形的，两块并列在下，一块在上，像长在石谷子滩滩上的三只白亮的眼睛，又像照着庄稼的三面镜子。

那时，我的几个堂哥、坪上的梅，还有我，个个都是野心勃勃的猴王。我们把扁担、箩筐、筦篼做道具，吼着嗓子玩龙舟，尖叫着玩梭梭滩儿。有时什么道具都不要，就直挺挺地躺着梭，背朝天趴着梭，或者手撑地坐着梭，吼着闹着，也不知磨烂了多少条裤子。有时我们还偷偷捉弄祖母心爱的黑狗，牵着它的尾巴玩“狗拉车”。

往南经过最下边那块椭圆形的石坝子，爬一小段陡坡到了坪上，视野就会豁然开朗。无论向东南西北哪个方向眺望，都能看到连绵如黛的青山，层层叠叠的庄稼，星罗棋布的村庄。夕阳似血衔着远山，不甘心地点点下坠。长空无痕，偶有一只灰鹤展开羽毛翱翔于青山之巅。这是天气晴好的黄昏，秀丽，深邃，又安静。

黄昏是一天中最爽快通透的时候，心境的空茫让人贪恋。孩童的世界是充满想象力的。天真无邪的想象里面充满着灵异、飞翔和蔚蓝的神奇，以及令人惊艳的非凡世界，宛若灵魂出窍。受《射雕英雄传》里的裘千仞诱惑不浅，梦魇中崇拜得五体投地的铁掌水上漂都是在泛着白霜龇着稻桩的冬水田里苦练的。听说长江就在翻过山的另一边。也许有一架长梯子就好了，足不出山的我们也可以攀上去看看江水浩荡的样子。

后来我知道心境的空茫导致的灵魂出窍是一种灵性。每个人都有属于自己的灵性，有的蕴藏在音乐中，有的赋存在绘画里。而我的灵性，大抵是从那片属于大自然的石谷子滩滩中得来。灵性的世界和孩童的世界一样，是神圣的，艺术的，美妙的，是充满无穷无尽的想象力的。孩童在进入灵性世界的时候，不会考虑石谷子土壤的贫瘠与耕种它的艰辛。

林清玄有一本书叫《灵性深处开莲花》，由此我很想断言：生命的质感在于灵性。我的祖父也是有质感的。灵性之光始终辉耀着他。他心中有敬畏，有亵渎不得践踏不得的一方纯净。

梅住在坪上。她家也真不算什么家。低矮的不断掉土的泥墙，表层灰蒙蒙黑糊糊的已经被雨水酸蚀的稻草屋顶。偶尔去过她家，但是里面黑糊糊的什么都看不清楚。但记得深刻的是那个家是全村唯一一户因为穷没有搭上电灯的。她的爸爸总是生病，一副无精打采的样子。她的妈妈一声不响地忙里忙外，插秧、收稻、割麦，挖红薯、施肥、锄地、打农药、喂猪、洗衣、做饭……脸上极少有笑容，总是一脸怨气地称呼梅

"女疙瘩"。生气时这样叫，不生气时也这样叫。

女疙瘩把门打开放鸡鸭出笼了，女疙瘩回家来吃饭了，女疙瘩不要在石坝滩滩上梭，女疙瘩快去帮你死瘟老汉抬下猪草筐，打扁你老不听话的女疙瘩……

有人心疼梅，仗义行仁，责备她：自己生的女儿有那么作践的吗？有好好的名字，非要叫什么女疙瘩？

她负屈衔冤，毒舌不饶人：哪像你们啊？该你们说笑话，是啊，你们有儿子就可以来指责我不是？我就是女疙瘩的命！

怒怼旁人责备的时候，如果她正在坡上锄地，一定是把锄头重重挖下去，把石谷子咬得咔嚓作响。如果她正在给茄子辣椒喷洒农药，她一定把喷雾器摇得哐当作响，喷嘴高速喷出的粗雾仿佛她嘴里弥散出的浓烈呛人的怅怨。

有人说，是她公婆重男轻女，嫌弃她没有生出孙子。有人说，梅的父亲就是一个窝囊的主。

那个秋天，梅的母亲生病住进了城里的大医院。听说她身体里长了瘤子，很严重很严重。不曾想，只半个多月，她从医院里容光焕发地回来了，逢人便说："谁说开刀不好？开刀就是好，把瘤子切除了不就好了。"她还说："怪不得以前我脾气不好，都是那个瘤子惹的祸。我都是去鬼门关走了一遭的人，还好没被阎王爷收留。还要感谢医生，医术高明，妙手回春。"

重获新生，总归是值得高兴的事。进进出出，梅的母亲不再吊丧着脸，她嘴里急躁躁的"女疙瘩"也变成了亲亲热热的"梅姑"。一次，一个据说非常精通摸骨算命小道的瞎子被一个女人牵着从石头沟路过，梅的母亲把梅唤到瞎子面前让给摸摸。瞎子在一个石凳上坐下，伸出软绵绵的拇指和中指，在梅的脸上一按一捏，然后说道："这姑娘好好养着，是贵人之相啊，一个抵三个……"从此，梅的娘还便夸赞过："甭看咱家梅姑是女娃，有盼头啊。"爱的力量是惊人的。梅的爸爸身体似乎也强壮起来，挖红苕、种小麦、挑粪、施肥样样在行，简直换了一个人。

梅也果真争气，小学毕业以优异的成绩考入区重点中学，后来又顺利考上了中专。工作以后做的第一件事就是给家里装了电灯，后来去了北京，后来回家来修了大房子。她的确是父母的贵人，一家人的命运因为她而改变。

明白真相是多年以后。是的，每个人都有灵性，但是一旦把自己置身于了无希望的麻木中，灵性就会丧失。如果灵魂出窍是一种灵性，"女疙瘩"则是一种活生生的生活哲学。把自己的女儿叫"女疙瘩"的人，内心比雨雾笼罩的石头沟还迷茫。所谓的灵性对于生活在被沮丧和自卑、愁苦和阴影笼罩的山村女人来说，未免造作。在负重跋涉的女人身上，已经形成了一种类似石谷子一样的东西，坚硬、冰冷，将灵性之心碾压并排挤到生命的边缘。

灵性就是和颜悦色的希望、企盼和热爱。

想起来了，我赠送过梅很多颗狗尾草戒指。每次玩过家家都与梅在一起。过家家时，我和梅都乐意扮演妈妈，我们都拥有自己的宝宝。每一次，我们的宝宝都是不一样的名字，月月、安安、乐乐、淘淘……我们搂着自己的宝宝，很耐心地给她讲故事，唱摇篮曲哄她安静。或许，在梅的妈妈称呼她"女疙瘩"的那些日子，我是在帮助她平衡世俗的无奈与灵性的美好。

还好，梅的灵性世界并没有被时代、现实和世俗屏蔽和碾压，她是她父母的贵人，那些月月、安安、乐乐、淘淘则是她的贵人……

而今，梅在北京安家置业已30年，她把爸爸妈妈也接到了北京很多年。

我想念她；也想念石头沟。

——原载《散文百家》，2023年10月

消逝与苏醒

老屋倒了，是在父亲的授意下推倒的。父亲在多年前建造了它，但现在，他摧毁了它。我知道，这并不意味着真正的消逝，它一定会在某处苏醒。

"我回去了一趟，请人把就要垮掉的老屋推倒了。"父亲说得轻描淡写，甚至有些如释重负。今年雨水频繁，他总担心久不住人的老屋泥墙突然倒塌会砸到过路的乡邻。

"推倒就推倒呗，真砸伤到谁，我们也担不起那个责。"我一边在电脑上做事情，一边漫不经心地回答着父亲。那种漫不经心，充满着没有丝毫留恋的理性，甚至还带着排除后患化险为夷的欢欣。这也难怪，一方面，多年前父亲尚住在老屋的时候，每逢暴雨，我就整夜整夜不能安睡，担心着年久的土墙会在暴风雨中轰然坍塌，担心熟睡的父亲从此与我天人永隔。另一方面，一个人在又忙又累的时候，会疏于强烈的感动，对爱与不舍也是漠然的。那天，父亲说话的时候，我甚至没去细想他是怎么样去推倒，他如何狠心去推倒？

这么些年来，我连走近老屋的勇气也没有，都是远远地看到就泪眼模糊了。清明时节，为母亲上坟，我鼓起勇气走近了一些，随手拍了几张照片珍藏。我还暗自下决心，等我宽裕了，我会重新建造它。可是即便计划还没开始，老屋早已物是人非。我所有童年瓷器釉彩一样的光泽，所有怒放的锦绣一般的温暖记忆都是在老屋里的啊。出入那道锁着的木门的人好多都不在了。我的记忆连同他们的慈爱欢笑都是锁在那道木门里的呀。我的重新建造会不会让记忆中的那些生命无处栖身？而今，那古旧的温柔的质朴的泥墙被推倒，那些生命又如何栖身呢？

一阵子的忙碌终于过去了。那个傍晚，我关了电脑伫立窗前。与每一次昏天黑地的忙碌过后一样，像一道彩虹出现在美丽的天空，如春天苏醒的潺潺流动的溪流，我突然想起了我农村的老屋。我想让漂泊的心静一静，回到谦卑、安宁、梦幻与纯粹。那不是突然出现的，是一直都在最幸福最珍贵的角落里，安安静静，质朴而隐秘。与此同时，我的心里蓦然升腾起一种怅然若失，老屋不是被推倒了么？承载了我无数欢欣鼓舞记忆的老屋已经不在了。

我萌生出回去看看的想法，带着一颗惆怅而温柔的心回去，我至少应该与她道个别。但我又不敢，我下不了决心去实现我的想法，是怕那样的怅然若失变成痛苦不堪。我喜欢相逢不喜欢别离。但是这一次，由不得我喜欢还是不喜欢，我与老屋的重逢注定是不可能了。等待我的注定是忧伤，忧伤的是那些固执的驱之不去的美好记忆。

泥墙黑瓦的老屋坐落在山坳里，依山傍水，坐南向北，具有灵性的秀美与魅惑的古朴。前面是山，背面是山，旁边也是山。背面的山是斜斜长长的缓坡，从山顶到山脚，零零散散地排列着好几个村庄，好多户人家，都掩映在葱郁静谧的竹林里。家家户户房前屋后整整齐齐地码着蒙古包似的稻草堆，那是承载着孩童乐意的关于狼和狐狸的童话堡垒。

旁边是个大山丘，没有人家。在这些有人家没人家的山上，田一半土一半，一块一块的，一层一层地叠向高处去。春天雨水多，那些水田的水哗哗地唱着歌漫出田埂来，从一块田流向另一块田。田里那些嫩绿的秧苗，在哗哗的水声中生动地招摇，频频散放出热切的向往和青春的希望。

对了，那就是一直萦绕在心间的生动和希望。哗哗流淌的春水最后在溪沟里汇聚，再一路哗哗地向前奔去。那条溪沟就从我家门前流过。趟过溪沟，家门对面也是山。那座山与众不同，小巧、险峻，有贴地的苔藓，有嶙峋的怪石，有茂盛的青冈，幽深的山洞里有成队的黄鼠狼出没。仁者是山，智者是水，那条溪沟和那座小山，像传说中的一对神奇翅膀，插在我多彩童年的心上扶摇直上鹏路翱翔。

有一次，让人难以置信的一次，在静静地度过了苍茫萧瑟的隆冬过后的某一个明丽的早晨，当我打开房门，蓦然发现满山的青冈都发出了鲜亮的嫩绿的芽。紧接着，一列黄鼠狼像精灵一样从一个洞口鱼贯而出，我来不及数数，也来不及惊叫或者屏息，没有任何声响，它们就安静地消失在发出嫩芽的青冈林中了。那一刹那的惊喜既神秘又浪漫，吸引着我孩童甜蜜的好奇和善意的眼。

我无数次穿过青冈林，爬到那座小山顶上眺望。视野真是响亮啊！远方去外婆家必须翻越的连绵高耸的鹤山坪、邻居家熟悉的吵吵闹闹的农家院子、亮绿新鲜的田野、溪沟边苍翠茂盛的竹林都尽收眼底。争先恐后地钻进鼻孔的，有菜地里的香菜味道，有稻田里的泥土气息，有从各家炊烟筒里飘出的胡豆杆味、竹叶子味、包谷杆味……

那么纯净的蓝天，在我面前静静地伸展，我想象得到蓝天上的白云延续几十里，数百里。蓝天底下，秋天的田野上，刚刚收获过稻子，一片黄土地，一片绿苕藤，一片黄土地，一片绿树林，色彩是那样的鲜明，饱满，招摇。

人在世间，其实一直在离开，一而再再而三地离开一个地方到另一个地方，一而再再而三地离开曾经的美好。为着读书工作，我十三岁就离开了老屋。耳畔常常回响的，是在溪沟边浣洗衣物的女人们铃铛似的喜悦：张家园要娶新媳妇了，儿女亲家都是村里的。乡邻早上刚刚在嫁女一方应和，中午又要到娶媳一家喝酒去……

当我越来越忙碌，在过年过节也难得回老屋看看的时候，人们聚集在村庄公路边新开业的商店里，老人们抽着旱烟，有一搭无一搭地说着家事。看见我，似曾相识，又不敢确认，眯缝着眼睛打量着，笑容是真诚的单纯的欣喜的，无尽的岁月与难言的沧桑从很深很深的的皱纹间流过了。这可是回娘家的闺女啊！也有一些小孩子，我不认识他们，他们也不认识我，见老人们在跟我招呼着，也就蹦蹦跳跳地围在周围，尾随着，像影子一样……

我以为，经历过无数次的离开以后，我已经让自己变得很强大，心脏四围早已铸就了一道厚厚的铜墙铁壁，我不会再流泪。可是此刻，那道铜墙铁壁也在瞬间被推倒，那春水，那青冈的嫩芽，那黄鼠狼，哗哗流淌的，翠绿招摇的，排成队消失的……所有的美好都在瞬间苏醒了，并且以惊人的速度占满我的心，爱怜地对着我微笑。

——原载《散文百家》，2020年5月

江津城东南近郊有一片神奇的土地叫五举沱，在"江水几湾绕"的"几"字第一笔的末端。其名字"五举沱"的来历是一个有生命的故事，关乎科举世家杨氏一族的盛赞。

江边的人家自古以勤劳种植和渔业为生。明末清初，一个叫杨双宝的人在渡口码头开了第一家小酒馆杨家店，为途经渡口到江津城办事的商贾提供方便。他为人厚道，常常给客人多勾一勺半勺。周边的百姓干活累了到酒馆吹牛喝单碗，他也会免费奉上一碟花生米和一碟小酒。加之酒馆卖的酒醇厚香甜，好名声越传越远，生意自然越来越好。杨双宝的家境也就越来越宽裕起来。发达以后的杨家吃水不忘挖井人，常常接济周边贫苦人家不说，还开办书院，普惠乡梓。

杨双宝有五个儿子。长子18岁中秀才，28岁中举人。20年之后，五个儿子全部高中举人。这简直是人间奇迹。皇帝御赐大匾：一门五举子。"五举沱"因此而得名。后来，五举沱所在的乡也叫五举乡，其所辖学校也叫五举幼儿园、五举小学、五举中学。

我知道五举沱，我的父亲就住在那里。与父亲一起共度晚年的罗姨，是土生土长的五举沱人。那是一个美丽的村庄，一个超凡脱俗的所在，有着淳美的风土人情和高贵的地域风格。

红墙黑瓦、器宇不凡的民居院落一户接一户地排列在江边，一律坐南向北，被碧云绿树环绕的一个个人湾参差错落，像自然生成而非人工筑就。湿润肥沃的土地上地垄纵横。那些大大小小的菜圃里四季都长满了蔬菜，又鲜又嫩，密密匝匝。嫩黄的韭菜、雪白的菜花、墨绿的菠菜喜欢在春风里荡漾，紫的茄子、青红的辣椒、红的番茄、嫩绿的豇豆、青绿的南瓜独爱夏天的太阳。至于白萝卜、胡萝卜、芋头、马铃薯等块茎类蔬菜则是秋冬的果实。这些蔬菜太阳露水滋养着，模样自然俊俏，滋味也比大棚种的新鲜厚实。

沿江并行有两条水泥路。一条宽，是双向两车道，往东到江津，往西到五举场，再往西南方向几公里就是龙华镇。我有一同学是龙华镇中学的老师，早晨出发，晚上回家，每天在江津城和龙华镇之间往返，他说就喜欢走这条道，虽说绕点儿，但是感官舒服。一条窄，穿过村庄和菜圃，就是村道，只能一辆车单向通行，每隔一段距离有一处特意加宽，便于会车。

在村道上走来走去，能看到活泼生动的很多物事：套着围裙弯腰砍白菜的女人，举着舀子给藤菜泼粪的男人，给撒下的菜种铺草席或盖塑料薄膜挡风霜的夫妻，裹着白净净的帕子蹲在道边剥豆角的老汉儿……他们的眼睛与江水一样碧蓝，黑里透红的脸上满是笑意。最有意思的是经常看到光着膀子的壮年男子们动作娴熟地推着载满农家肥或是高高蔬菜垛的"鸡公车"在道上飞奔，遇到有轿车驶过，也能吱呀一声巧妙地在最边上让行。传统与现代的完美融合大概是五举沱的独有气息了。

像约定俗成似的，他们不种大棚蔬菜。五举沱是老牌蔬菜基地了。这个"老牌"，不单单是历史悠久，还是他们采用传统的种植方式，这里难得看到现代蔬菜基地那样的大棚，也没有充满科技感的设备。他们给蔬菜施用的是绿色、健康的有机肥。鸡公车车斗里，黑色塑料口袋里的秸秆灰和粪便晃晃悠悠。

不时有从城里来的三轮车、皮卡车停在路边，是菜贩子来收菜了。他们说，五举沱的蔬菜吃起来更健康，更有"菜味"，尤其上了年纪的人更喜欢。为方便他们，靠罗姨最近的那户人家还在屋前修了一块可以并排停五辆小车的水泥坝子，与村道相连，顶上加了塑钢雨棚，还在靠墙一侧横竖安置了三座加五座的皮革沙发，布置得像公共会客厅。菜贩、过客和村民都可以坐下歇歇脚抽支烟。

苏轼有诗："梦回闻雨声，喜我菜甲长。平明江路湿，并岸飞两桨。天公真富有，膏乳泻黄壤。霜根一蕃滋，风叶渐俯仰。"不由得羡慕起父亲和生活在五举沱的人们来，他们在相距五公里的城市文明之外独享着山水田园的恬淡惬意。

长江像一条绿飘带，在每一个人湾每一户人家门前自西向东絮絮叨叨铺陈开去，突然被艾坪山挡住，一个漂亮的回旋，往北绕江津城半圈，尔后自南向东绕完那个"几"字之后悠然而去。江流回漩，形成一泓浩大的回水沱。所谓回水，就是沱里的水流方向与江流的水流方向是相反的，水在沱里打着旋儿，重庆人称为回水沱。我猜测在得名"五举沱"以前，这地方一定还有另一个名字，尾字也是"沱"，如窍角沱、牛角沱、白沙沱、兰花沱等富有巴渝特色的名字。"五举沱"，不仅是杨氏人的骄傲，也是生于斯长于斯的所有人的典范和楷模。他们希望后辈们积极进取，以杨氏先辈为榜样，孜孜不倦、求知若渴。

江对岸矗立着一座山，峭壁如画屏。山脚沿江是老成渝铁路。偶尔一声汽笛响起，像清风奏响琴弦，像浪尖拍打岸岩，撩起生命深处对遥远童话的期盼。投影了两岸画屏绿地的江水变得幽蓝，看起来有母亲般的平静、澄净、清澈。

自父亲"嫁"到五举沱，罗姨就成了我的母亲。她待人热情，对我也视同己出。她家自然成了我与朋友们常常聚集的地方。春光明媚或秋高气爽的周末，呼啦一声招呼，朋友们欣然响应。泡豆子，打豆花，煮腊肉，采摘，洗切，罗姨与父亲一起不紧不慢地张罗着实实在在的风味人间。

罗姨好客，但是不擅厨艺。她把出嫁在外已经当外婆的姐姐们招呼回来帮忙，这个炒菜，那个煮鱼。偶尔有周围的邻居来串门，罗姨也留下他们一起吃饭。如果有人讲客气，罗姨就说："放心嘛，我准备得有那么多饭菜，特意多泡了两盅豆子，豆花海椒也是新制的，也就是多一双筷子的事。"次数多了，我们与那湾子人也熟络起来。106岁的陈家婆婆和她独身的儿子、小兰的妈妈、种菜的陈三……我们围坐在罗姨家门口小院坝里的大圆桌上，吃炒花生米，蘸豆花，品腊肉，天南海北地侃大山，面红耳赤地猜酒划拳。木栅栏外，大江大水，天高地阔，江风呼啸，层林尽染。山水自然之间炊烟袅袅随风浪漫，红尘蔬饭温肠暖胃。

一大桌人酒足饭饱后离开时，罗姨会变戏法一样将早捆扎好的新鲜蔬菜叫大家带上。罗姨的地大多给别人种了，只在门口留了两分地给自己。她种的菜我都熟悉。见她让大家拿走的蔬菜品相都很好，并不都是她家菜地里有的。我纳闷，私下问她："该不是你拿钱去买来送人吧？"她不承认也不否认，又怕我担心，就说："我哪里会花钱？你不管嘛。"

原来，那些蔬菜是周围的邻居们送给罗姨的。次数多了，大家也习惯了，不拿倒显得很生分似的。也不管我需要不需要，三天两头的请进城的车子顺路给我带来一大袋一大袋新鲜的菜蔬，是罗姨爱做的事。吃不完，放坏了就丢了。

　　有一天晚上，电脑前坐累了，在房间里随意走动，看到厨房角落里罗姨两天前托人带来的莴笋，肥壮笔直的茎，皮薄，碧玉一般脆嫩，不管摆在菜市场哪个摊位上绝对是品相上乘的抢手货，可惜底部的老叶已经发黄焉萎。不由得心疼犯难了：莴笋头炖排骨是我爱吃的，叶子煮鸡蛋汤或者剁细爆炒也很美味。这么壮的七八根，即便我变着花样儿也得好几天才消化得完啦。哎，有了，给隔壁四号房送去吧。他们家住着一家三代五口人，爷爷奶奶、儿子儿媳和孙子，人多，不愁消化不了。于是拎着莴笋袋子，忐忑敲门。儿媳开门，一脸诧异地看着我。我羞红着脸，很歉意地说："帮帮忙，五举沱来的，正宗土货。老叶掐了还将就，放心吃，丢了真是可惜。"儿媳接过莴笋，非要塞给我几个桃子。万事开头难。有了第一次，再也不愁蔬菜烂掉扔掉了。于是，我们楼层好几户人家都吃到过罗姨送来的菜。

　　三号房是租户，大足人，一家四口，两个小孩，女人专职主妇，男人一人挣钱养家。送给他们几个茄子几条丝瓜，反复说明吃不下，谢谢他们帮忙解忧。不久后的周末他们回老家，不声不响地给我带回来几把龙水菜刀，声名赫赫的大足特产。他们这么客气，弄得我很不好意思。之后，回老家或者外出旅行，也想着给左邻右舍带点儿礼物啥的，总觉得自己占了他们便宜，亏欠了他们。一来二去，与邻居们的关系也熟络起来。这不，二号房已搬家几年了，前不久，还特意送了一盒七珠健胃茶到家里来。没有多余的话语，有的是朴实无华的心意与暖意融融的真情。

赠人玫瑰，手留余香。我是转手几棵吃不完的蔬菜，却收获一片芬芳。

后来，我给罗姨讲了这些事，是想让她不再麻烦。哪知她听说以后非但不罢休，反而送菜更殷勤了。并且不问"你要不要葱蒜要不要红苕豆豉梅干菜""要不要花椰菜青菜冬苋菜"之类的话了，直接说"你拿去送人吧"，品种更多，分量更足。有时数量实在是太多了，不光同一楼层的邻居，我还给同一小区不同楼栋、同一街区不同小区的朋友们送去。水木年华、碧水龙泉、江对岸的滨江新城，最远的一次，是开车送到了城外往东支平方向十公里外的姨妈家。五举沱的菜俨然成了联络情谊的信物。

爱是给予，因果循环。

从父亲家离开时，难得一次空手而归。春节后的一个周末，又去五举沱蹭饭。饭前，罗姨拿出一床新被套要送我。我说："不要，你们自己用。"饭后，罗姨叫把没有炖的半个猪肚和半只鸡拿走，我说："不要，你们自己吃。"她又叫把锅里的豆花打点走，我说："总是准备那么多，两桌人都够了。"罗姨又准备去土里拔葱拔蒜砍白菜，我说："不要啊，明天周一就吃工作餐。"

临走时，将忘记在车子尾箱的水果牛奶给罗姨拿回去，恰好碰见罗姨端着一盆豆花出门。她径直走进旁边一个院落里，悄无声息的，没有听见任何寒暄，估计院落一家已经午睡。罗姨再出来时是一个空盆子。当我启动车子的时候，罗姨端着第二盆豆花走向另一户人家。

这是他们顶自然顶温暖的节目，不用启幕，不用道谢，充满人情味。以前我以为风土人情只是故事。将杨双宝、罗姨和五举沱联系起来后，我才知道那是一种世代沿袭的丰富、细腻而美妙的人性，是让一个地域生生不息的精神。

——原载《上游》，2023年11月6日

兰香是一个老牌子洗衣粉。想起它，随着贪婪歙着的鼻孔进入我脾肺的除了缕缕幽香，还有丝丝爱怜的乡情——尤其是我那位北漂30年的发小兰。

与兰是小学同学。那时的农村结构模式是公社、大队、生产队，人际交往的范围、距离和深度是依赖于这个结构的。一个大队一个小学，学校里除了正式的班级群体，还有以生产队为边界的非正式组织。哪些是一队的，二队的又是哪些，三队、四队的各自抱团聚，类似于而今大学里的同乡会。

校园以外，一个班级里同一个生产队的聚在一起疯闹的机会多一些。况且年龄越小，交际圈子又受性别、成绩等因素影响，在那个范围内还要被裁剪压缩。尽管我与兰两家相聚不过一华里，因我们处于两个生产队地域的交界处，我是一队，兰是六队，我们的关系真的算不上很热络。只是经常跟随大人一起沿着泥石公路去镇上赶场，路过一排灰扑扑的土墙房子，同样灰扑扑的房顶上覆着随风乱蹦的稻草，我会知道那是兰的家。她家堂屋是两扇年久失修颜色发黑的木板门。当有人开门从屋里出来时，从几十米远的马路边也能听到破旧的转轴发出的嘎吱声响。从公路边望进门里去，黑洞洞的，一黑到底，什么也看不清。

她家没有装电灯。整个农庆村七个生产队几百近千户人家，她家是唯一一户没有装电灯的。

兰是我本家，论年龄，她比我略长。知道她家没有电灯的时候，我都快小学毕业了。在我三年级的时候，我们家就装上电灯了。记得我们生产队有了电灯以后，集体购置了四台依赖室外天线才能接收信号的黑白电视机，分别安放在熊家堡、张家园、罗家湾、桥坡头几个大湾子里大户人家的高大亮堂的堂屋里。每到傍晚，这些人家里热闹非凡，男女老少挤挤攘攘，为的就是那个稀奇和眼界。除了本生产队的，外生产队的都吸引来了。人太多了，没有哪家堂屋能坐得下。以至于每到太阳下山，这些人家就开始张罗，往院坝里牵电线，搬移电视机，安放长凳子短椅子。一直要到每个频道都"晚安"了，屏幕上闪现层层雪花，人们才会依依不舍地陆续散去。

因那四台电视机，我们一队是农庆大队七个生产队里最受人羡慕的。我已经读小学高年级了，同学间开始有了窃窃私语。在因生长在一队获得优越感的同时，我还在此时知道了兰的家境。她有两个双胞胎弟弟。她妈妈有病。他们家穷得装不起电灯。

成绩的稳定优秀也增加了我的优越感。与我被全校老师宠爱不同，兰的成绩说不上好也说不上不好，在课堂里里极少被点到名。她经常穿着不合身的衣裤鞋子，逢六一、元旦等登台表演自然也轮不到她。很多人都有绰号有雅名，她没有。同学间的小小使坏与恶作剧也不会找上她。大家聚集在一起的时候，她总是怯怯地站在人群最边上。如果有人瞥一眼，她会扭捏会腼腆。小学六年，她是一个被忽视的存在，几乎等同于被边缘化。我想不起她坐在哪一排，甚至经常盘算她是否跟我一起毕业。

兰很自卑。那时的农村没有几人不自卑。那时的自卑缘于贫穷与狭隘的见识。那时候的我不懂得自卑，成绩的优越掩盖了我的自卑。兰是贫穷与怯懦的自卑。

就这样，小学毕业，在家里人经过矛盾、纠结与抉择，在外人嫉妒与艳羡的目光中，我凭借优异的成绩进入了少数人能进的比公社高一级的区里最好的中学读书，与小学同学渐行渐远了。兰与大多数同学一起进入了公社的义务教育学校。初中三年，我勤奋学习，成绩突飞猛进，在小鲤鱼游弋的中学校园里声名鹊起，再一次被家人寄予厚望，也深得全校老师的格外怜惜。只是，每月一次归宿假，因舍不得两块钱的车费，我总是在星期六下午步行二十几里路回家，星期天下午再步行二十几里路赶到学校。这样，每月有两次机会路过兰家门口。每一次，扭头往那排灰色茅屋里张望，黑黢黢的门洞里依旧什么也看不见。有一次，兰刚好闪出门来，拴着补疤补酱的围裙背着背篼提着割草刀准备上坡。我叫她，她怯怯看着我，像以前站在人群外一样的怯怯。我们公社叫梁家公社，公社的学校叫梁家中学。梁家中学没有住校生，在那里读书的同学每天回家要帮衬大人劳作，基本算是半耕半读。那是我们难得的一次交集。兰家依然没有装电灯。

初中三年一晃而过。那个暑假，不负众望，我以倍受瞩目的成绩被中师录取，红榜、广播、口口相传，一时荣耀封神，我成了村里励志的传奇。此时的公社、大队与生产队已经更名为乡、村、社，农庆大队叫农庆村，我所在的一队叫一社，兰的六队叫六社。尽管地域边界亘古不变，以前一个大队只有一个供销油盐酱醋的商店，伴随风起云涌的乡村杂货店的兴起，人与人却因自如越界而交往频繁了。

那个暑假，像衍生出来环抱岩石再扎根泥土的根，在梁家中学毕业即将失学的兰鼓起勇气战胜怯懦找我帮忙。

她想复读，找我出主意。我自恃是母校的宠儿骄子，自作主张写了一封推荐信寄到学校教导处。老实说，我的字写得很丑，不知道当时的学校领导们看到我拙劣的笔迹，他们会是怎样的一种啼笑皆非。但是那封信我写得志得意满。兰有没有想过别的办法我也不清楚，后来她如愿去了龙门中学复读。

中师第一学期那个寒假，兰请我去吃饭。我第一次走进她家。堂屋里有一架布满了密密麻麻黑斑的旧风车和一张旧方木桌。一侧的里屋挤着三张木架子床和一个木柜子，另一侧就是厨房。兰在灶房里又切菜又烧火，像个能干的女主人一样忙忙碌碌。她爸笑呵呵的在编竹篾，她妈顶着乱蓬蓬的头发走来走去。

她家依然没有装上电灯。一碗蒸蛋花，一碗汤圆丸子炒腊肉，一碗凉拌萝卜丝，一盆水煮菜叶子，不多的几碗菜占据了桌子的正中央。煤油灯摆放在堂屋角落的风车角上，昏暗的光线闪闪烁烁，摇摇摆摆。

老实说，能够唤起味蕾深刻记忆的食物着实不多。兰那晚做的汤圆丸子炒腊肉却让我一辈子难忘记，任何时候想起都会淌口水。丸子不大，每一个都包了芝麻糖芯子，每咬一口都是满嘴流油，外酥内软，又甜又糯又脆。兰确实很能干，是我通过那道菜下的结论。

半年以后，兰考上了一个成人中专。尽管她很努力，复读的结果并不理想，前些年的基础不牢固，也在情理之中。

再后来，与兰鲜有见面。又一个寒假，在桥坡头的公路边碰见她妈妈，依旧乱蓬蓬的头发，一脸忧伤。我问她兰的情况。她告诉我兰在从学校返家途中被人掠夺，时间、地点、人物、细节，说得有鼻子有眼。问她知道是哪些坏人，她说当然知道。我触目惊心，义愤填膺，连声叹息，边安慰她，还给她出主意向派出所报警，难得的一次体现侠女豪情。她满面愁容向我道谢。

毕竟是这么大的事，我不谙世事的肩膀扛不起。第二天，我把从兰的妈妈那里得来的一切告诉邻居大婶，为兰求得援力。岂料我话还没说完，大婶哈哈大笑："疯子的打胡乱说你也信？她是疯子你不知道吗？"

怎么，兰的妈妈是疯子？我竟然对疯人疯语一本正经，我羞得面红耳赤。难怪，以前见过兰找草药，听人说她找药是给她妈妈治病。相隔那么近，我竟然不知道，也从来没有人告诉过我她妈妈是季节性发作的疯病。

不过，一想到兰做的汤圆丸子炒腊肉，就满牙缝里流淌着被热油融化的芝麻糖汁。由此，我固执地认定，只要妈妈在，即便家里穷得照不起电灯，即便是会打胡乱说的疯妈妈，孩子也是幸福的。幸福的孩子是有爱、有光、有方向、有目标的。

中师毕业那年，听说兰家终于装上电灯了。大致的情况是她向那所成人学校校长请求允许她一对双胞胎弟弟进校读书。校长由此得知了他们家的情况，钦佩与兰的勇气与担当，由学校出面解决了他们家的用电问题。这件事一度在农庆村被传为佳话，轰动效应不亚于之前我考上了中师。

穷人的孩子早当家。与兰没有相沿成袭的亲密无间，冥冥之中，却有某种无形的力量把我与她牵连。我们都很努力，相信读书改变命运，懂得要向上生长，必先向下扎根。

中师毕业以后我当了老师。一年以后，听说兰也当了老师，被她就读的那所成人中专学校留用了。她的两个弟弟成了她的学生。

得知这个消息，我很敬佩她，也由衷为她感到高兴。

之后，由不得我打听与否，回一次农庆村总能得到兰的消息：兰辞职了。兰与恋爱多年的男友分手了。兰只身去了北京。兰的两个弟弟也追随她去了北京。近年，兰在老家修了一栋大别墅……总之，不向命运屈服的兰就是农庆村了不起的传奇。

再见兰是几年前的事，是在北京，我带学生参加社会实践活动，试着给她发了信息。我们住在西城的一个宾馆。她开着一辆商务车，从东城穿过一个北京城赶来见我。她载着我去奥运村吃日式料理。她说她当初到北京就为了一个月能挣一千的工资。她在餐馆帮过厨，在天安门卖过凉面，开过滴滴，后来做医药代理，越做越顺，缺帮手，两个弟弟也到北京了。她有很多固定的客户。她说农村走出来的人为人实诚，吃得苦，客户们相信眼缘，信赖她。

说到她的弟弟们，兰一脸骄傲："我做得最正确的就是让他们读了书。"

兰的爸爸病逝多年了。那是兰的遗憾，认为最苦的时候都过去了，赶上最好的时代，老爸却不在了。唯一的安慰是在她老爸有生之年，到底还住了两年她修的大房子。她的妈妈病情控制得好，在北京与他们姐弟仨幸福地生活在一起。最近获悉，兰的儿子考上了香港中文大学。

2022年8月，60余年来极端连晴高温，高温引燃的频发的山火，形势严峻的旱情，疫情多变复发，集中挑战着重庆。兰每天关注着央视、人民日报、重庆日报、上游新闻、晚报、华龙网……很多新闻、短视频，看着家乡人戮力同心战瘟疫、战干埠、战火魔，向我转来2000块钱，并发来信息：

"云霞，此次家乡山火此起彼伏，辛苦奔赴一线的战士了，也辛苦志愿者了！每天刷朋友圈刷到山火的消息就很揪心，在相距一千八百公里之外的北京干着急。家乡有难，加我一个，一起扛。由于自身身体原因，刚做完一个小手术半个月，只能躺在沙发上帮忙转发一下相关消息。刚看你朋友圈有物资需求的消息，我想在网上买一些头灯寄过去，不知道寄给谁？或者我转点钱给你，你帮忙转交主负责的买一下物资也可，你看哪种方式合适？山火无情，作为家乡人一员，也想略尽绵薄之力，就是得麻烦你了。这笔钱可以买100盏头灯，还可以买一些冰块，你帮忙联系一下。费心了，谢谢云霞！"

我感动得流下了眼泪。这就是兰，我的小学同学，一个家里曾经照不起电灯的农庆村人。她是兰，一种在帅乡沟沟岭岭随处可见的气质刚毅的花。深谷幽兰花自香。她有一种隐而不发的力量。无论发生什么，她都不动摇，不逃离。

很怀念兰做的那道菜，汤圆丸子炒腊肉。汤圆汤圆，团团圆圆。不屈不挠，迎难而上，以爱报恩，加我一个，因果循环。兰香四溢，终于修得圆满。兰花开满枝，兰香满人间。

　　——原载《散文百家》，2024年第八期

栀子花开

栀子树开花了，单层的叠瓣的白花从繁茂的枝叶里绽开来，满大街飘散着清新浓郁的香气。夏天来临了。

对栀子花的喜爱，是广袤的农村给我的。我爱栀子花，我爱农村。对祖母的依恋，对母亲的思念，对贫穷的无知，对飘忽的云朵的向往，那些都停留在农村，停留在童年的记忆里。随着工作地点的不断变换，童年的印迹渐渐膨胀，漫漶开去，如睡梦前在眼皮底下恍惚的影子一样模糊，直至一塌糊涂，沉入到完全的黑暗里去。游离于黑暗之外的，总有游离于黑暗之外的，如秋千荡漾在碧空，如虫鸟歌吟在大地。

栀子花香铺天盖地，我的童年被唤醒了，回忆也是铺天盖地的。在高楼林立的车水马龙里，我会在萧瑟的黄昏记起铺天盖地的金黄的油菜花；在冒着暑气的江堤上，我会突然忆起村前屋后夭夭灼灼的桃花；在跳着扇子舞的大妈群里，我会蓦然想起袭着一身粉红衣衫的姑娘在绿茵茵的秧田里专注地找寻稗草的身影；搅动早上起床后的第一杯蜂蜜水，我的耳畔会有蜜蜂在明亮的阳光里疯狂的嘤嘤嗡嗡声音回响。

栀子花，总让我想起那片土地，那片不只是种满庄稼的土地。

那片土地是安静的。松树林一片片，青冈林一片片，村庄掩映在竹林里。六月，栀子花开满山坡，土地素洁清香得出奇，桃子李子成熟了。有风的夜晚，松涛阵阵，竹韵声声，流水或急或缓，应和着攀爬蛰伏在山丘旷野、草地石砾、泥墙灶缝里的蟋蟀虫蚁。这些声音搅和在一起，一点儿不浑浊，是清清凉凉的自然天籁。伴着栀子花香，我是幸福的婴儿，在清清凉凉的天籁中安然入梦。

那片土地是热闹的。清早，鸟雀们在啁啾，表达着单纯的爱意。男男女女在浸染着清香的天籁中苏醒，又投入到热乎乎的生活里去。

高大气派的集体保管室门前的石灰大坝子里，刚从地里收回来的小麦堆成垛，油菜堆成垛，胡豆、豌豆堆成垛，坝子里到处都是。烈日下，男人女人挥舞着连枷打麦子、打油菜、打豌豆，一下一下，此起彼落，响彻山野的回声与阳光交相辉映，清新脱俗的栀子花香与黄澄澄甜糯糯的粮食味混杂在一起。老年人多半坐在坝子边上树荫处摘着胡豆角，他们弓着的脊背是对那片土地最朴素的赞礼。

八月的早晨，勤劳的庄稼人从田里担回来的毛谷子，一堆一堆淌着浸满稻香和汗珠的泥水。流着鼻涕穿着开裆裤的顽童们，嗷嗷叫着在丰收的游乐场里疯跑，悄悄蹲在毛谷子垛后面捉迷藏。等到正午时候，一堆一堆的毛谷子摊开，黄澄澄油亮亮的连成一大片，不细心真的分不清楚哪片是哪家的。午后或者黄昏，如果天空突然暗下来，太阳被黑云遮住，或者突然一道闪电，远处传来隆隆的雷声，那是偏东雨要光临的征兆。这时，大人小孩都呼喊着"抢偏东哪，偏东雨就要来哪……"然后大人、小孩，窝在宅子里的、忙在水田里的，一家一家的倾巢出动，从四面八方拿着工具跑向坝子，扫把扫，推耙推，撮箕撮，箩筐挑，扁担抬，塑料布盖，石头压。几十上百人铆足劲儿往保管室抢收粮食，收完我家的收你家的，我家没有也要帮忙的，齐心协力、热火朝天地和大雨抢时间，没有"谢谢"，互相帮助，所有人都觉得这是理所应当的。

我在浸染着栀子花香的街道上走过，树上也有鸟雀在歌吟。汽车的嘀嘀鸣叫，让我分外怀念孩童时候不只是长满庄稼的那片土地。

——原载《长春日报》，2023年7月29日

一条鹅黄色的连衣裙

上课、批改作业、备课，每天上午的常规三部曲抓紧完成以后，差不多就该午餐了。看看时间，离食堂开饭时间还有十五分钟，遂刷屏等待。在500人的邻居大群里，看到几款衣裙的晒图，色泽沉静，款式简单，品相不俗。下边还有一条晒图邻居的留言：几条小码真丝连衣裙，喜欢的联系我哈，白送！

小码，一个小个子女人，脑海里立即泛起娇小玲珑的身姿来。我再浏览了她发的图文，"白送"俩字和那个感叹号引起了我的注意，别忘了我是语文老师。在不同的群里看到形形色色的成衣广告，都约定俗成标了尺码和价格，有各种打折的，从没有哪位商家注明强调"白送"的。再细看，四件裙子，红黄蓝绿四种花色，四种款式，是晾衣架挂在衣柜门的拉手上拍的图。一半好奇一半玩笑，我@了这位拟白送衣裙的邻居："有中码没有？"为避免尴尬，问号后加了一个咧嘴大笑的表情。我并没有指望能得到她的回复。哪知，群里立即弹出了她的回复："加微信聊吧。"同样回复了我一个龇牙的表情。

尚在犹豫加不加她，她的好友邀请已经发送过来了。

"您好，有缘相识。"她用文字发来初次见面问候语。

"邻居，66栋。"我秒回，依然不忘加上那个大笑的表情。

"您好，请问您多大的年纪了？我才知道您可能需要什么样子的。我的衣服太多了，真的穿不下了。自己的衣服真的非常喜欢，又不想扔到旧衣箱里边，给喜欢的人吧，自己的心里也好受一点儿……你喜欢旗袍吗？我还有好多旗袍，也是真丝的。"她发来一段40秒的语音，是标准的普通话，声音很温柔，"啊，是你呀？我们天天见。昨天还见到你穿那个大红色的连衣裙，你要去买鱼是吗？"

"没有没有，我没有过来，平常我住在老城，只是偶尔过来看看。"我回复了语音。文字对文字，语音对语音，这是微信聊天不成文的规矩。文字表达总感觉很正式和严肃，语音在某种程度上可以拉近彼此间的距离。

我表达了我的意思："我还以为您是开玩笑的，结果是真的啊。您的裙子估计我穿不下，我只是觉得您的裙子都很漂亮，很有品味，想着什么样的美人儿才配得上那裙子呢？"

"哦哦，那好啊好啊，昨天我碰见的是另外一个人……我搜出了一条鹅黄色的，不知道您喜欢不喜欢，我发图给您看。"正说着，她发过来一段时长37秒的语音，"真丝这东西确实不能穿小了，小了会拔丝啊……"

紧接着发来五张图，就是她说的那款鹅黄色连衣裙，是长裙，白色衣架挂着的，腰间有一条同色系带，胸前有一朵白色的牡丹，看起来既雅致又大气。她把很大的裙摆左右牵开固定在柜门上，依次展示正面、背面、侧面，后面两幅是袖口和领结的细节特写。

"我觉得这条您能穿。我有好几百条裙子。真是太多了，这条是大码，根本就没有上过身。衣服扔到旧衣箱里，觉得好心痛……"她一连发来四条语音，分别是51秒、37秒、19秒、16秒，说了很多话。为了赢得我的信任，她还告诉我她是黑龙江省大庆市一所高校的汉语言老师。她还去老挝支教过几年。

语音交流多起来。她开始聊起自己的人生履历。得知她是退休不久到江津带孙子，丈夫尚且在职，儿子在巴南工作，儿媳在江津。饭点早就到了，我没有打断她。站在食堂门口，任凭四月的暖阳透过黄桷树新绿的枝叶照在我身上，一边聆听她温柔标准的普通话，一边翻看她晒出来的裙子，想着配得上这裙子的女子，真有天地人和的安稳妥帖、琴瑟和鸣的岁月静好。

再次翻看群信息时发现，她在邻居群里发图片的时间是凌晨1:18。夜深人静的，她这么用心地晒出美裙图，是在向这个陌生的江水环绕之地表达友善吗？是因为初来乍到，离乡背井，人地生疏，蓦然升起一种意欲向外传递排遣孤独与思念吗？都有吧？对世事人生的深度关切和悲悯情怀让我不能坦然了。我看见了她的真诚。我看懂了她的友善和孤独。她真心实意赠送的鹅黄色真丝连衣裙，我没有理由拒绝。每一天，地球上的事情数不胜数，能与一位陌生的北方母亲产生关联，以善意接受她的善意，一团暖意在我心中涌起。

我的思绪由当下转向了辽阔。我们的善意岂止与一位北方母亲关联？在方兴未艾的城市发展中，天南地北的人来到重庆，来到江津，用情感连接彼此，共建这一方热土……

赠衣裙的邻居大姐，谢谢您。

——原载《重庆日报》，2024年7月19日

一把钥匙

暑假的第一天，学校要求整理各自负责工作的档案。

我自信对工作很尽职，但是天生缺乏紧迫感。所以，当我晨跑过后，再慢条斯理地做早餐，梳妆打理完毕才发现时间已经不早了。我几乎是一路小跑着出门往学校赶去，平常二十分钟的步行距离依然觉得漫长。途中，我拦了一辆出租。到校门口时，司机刹车踩得急，抱在怀里的提包猝不及防滑落在地。我匆匆捡起提包，拿出手机扫码，也不知道是网速太慢还是手机卡顿，竟然没法支付车费。于是，我只好拿出现金给了司机。

然而，到了办公室门口，却怎么也找不到钥匙。记得我是拿出门的呀，下电梯时我还用了钥匙串上的门禁卡呢。糟了，我的提包是敞口的，没有拉链，使用门禁卡后顺手就把钥匙串放进了包的外层。包是敞口向下的，毫无疑问，钥匙掉在车上了。除了钥匙和门禁卡，还有一个存放资料的U盘也在匙扣上。想到此，我已经惊出了一身冷汗。

顾不得考虑整理档案的事了。我心急火燎地给一位朋友打电话："钥匙丢了，怎么办啊？"

"丢哪里了？"

"丢出租车上了，快想办法呀！"

"你不是扫了码吗？有记录的呀？"

"问题就在于我没有扫码。"

"坐的前排还是后排？"

"后排。前排有人啊。"

"后排？后排司机不一定能够发现……怎么办？等运气吧。"

真是太令人沮丧了。我立即把信息发到学校微信群里："求助，刚才钥匙掉出租车上了，有什么办法啊？"完毕，又补充一条信息："10点左右，尚融星河奥运门口下车。"

同事第一时间语音回复："我们游泳队有十几个开出租车的。我叫他们在出租车群里说一下看有没有反应，很快就会有回话的。"

无助时遇到了救星，我把具体内容编成一个寻物启事发给了他："刘老师，身穿绿色连衣裙，于上午九点五十五分左右在琅山农贸市场上出租车，坐后排，到四牌坊尚融小学，十点左右星河奥运门口下车。开始准备扫码付钱，网速太慢，给了二十块钱，补了十五元。给钱过程中，包掉落车上，钥匙丢失。钥匙串上有U盘，里面存有资料。望拾得的好心人联系我，联系电话：180……09。谢谢！"

想到多条途径多个希望，我又把寻物启事同步发到了朋友圈。

立即，朋友圈有很多人回复：

"可以打出租车公司电话。"

"你坐的哪个出租公司的车？江津一共有六个出租车公司。"

天哪，如同希望跌落冰窖。我不淡定了。立即出校门叫了一辆出租，上车就告诉司机事情的原委，请求他能支招。司机很年轻，与朋友们的口径并无二致。一是后排司机很难发现，哪位乘客捡到丢了也不一定。二是出租车公司有好几家，要找到是哪家的才好办。他直接把我载到派出所门口，建议我去报案，调监控。

　　值班民警是一位和蔼可亲的中年人。果然，我向他描述了事情的经过后，他立即把我带到了监控室。

　　进入监控室。里面有人，是一位年轻的民警和一位年轻的女人。打开的电脑显示屏上，正显示着辖区内各个重要路口路段的人车动态画面。女人正聚精会神地盯着屏幕，年轻的民警不时切换着画面。

　　值班民警打开他们旁边的电脑，一边操作程序，一边询问我具体的时间与位置。

　　在中年民警查找辨认路段的时候，一旁的年轻民警说："就是这个了。你把车牌抄下来吧。"说着，他站起身来，年轻的女人坐了下去。我回头看到，屏幕上锁定的是一辆蓝色出租，车牌号码清晰可见。不禁好奇："你丢什么了？"她专注地看看屏幕，又埋头写着车牌说："是孩子在幼儿园的成长档案，绘画呀，照片呀，老师的观察记录这些。"写完了，又与屏幕反复对照，她才站起身来，很认真地看着我说："我认为这些很重要。孩子读幼儿园三年了，有两年的档案丢在车上了。我一定要想办法找回来。"她说话和看屏幕的神情是那样的专注、那样的竭尽全力。我的心突然一颤，不觉充满敬意地打量起她来：一位年轻的妈妈，个子不高，随意地扎着马尾，穿着一件普通得不能再普通的白T恤，装扮很朴素，是步入人群中很快就会被淹没的一类人。但是，此刻，我觉得她全身都闪烁着耀眼的光芒。她的样子深深地印在我的脑海里，令人动容。

或许，每一位母亲都是艺术家。她们的创作洋溢着未经雕琢却又令人心旷神怡的人性美。是的，曾经，我也抱着像她一样的想法，坚持把儿子那些零散的玩具、涂鸦、搬家时从墙壁上撕下来的沾满灰尘的奖状等，当做宝贝一样装了满满一箱子，且现在依然保留珍藏着。它们是儿子的成长档案，也是我的一段很重要的生命史。有了它们，即使退到更远的距离去看，也会感到很踏实，至少生命的每一步都有迹可循。而现在，我与刚才那位年轻的妈妈一样，不也是为着无关紧要的物件兴师动众吗？朋友圈里有人留言："钥匙丢了可以再配不？U盘丢了里面的资料有没有备份？"

确实，家门钥匙、办公室钥匙都可以再换新的。疫情期间，刻苦学习古诗联的创作，苦心孤诣搜集的资料也似乎没什么了不起。可是，为什么我就那么不舍呢？

或许，不是每个人都懂得，我对一些东西是有离奇的癖爱。随身之物，已经不仅仅是一种具备某种功能的物件，而是与我有了某种情感，见证着我的一些努力与爱恨的经历。怎么能够任其丢了就丢了呢？

年轻的女人带着希望离开了。中年民警坐在电脑面前，全神贯注地看着屏幕，他的眼神极其刚毅。想群众之所想，急群众之所急，解群众之所困！看得出来，他是一个极爱干净的人，他的灰色制服旧得发白，是勤洗的痕迹。我在旁边站着，配合着他的查询。突然感觉，与那位年轻民警一样，他也是那么可爱，也令人肃然起敬。

事情进展得很顺利。不到半个小时，民警锁定了一辆出租车。他们又根据线索，找到了出租车公司。与他们取得联系后，又找到驾驶员的电话。

其间，我不知道的是，这半个小时里，我的"寻物启事"已经通过朋友圈扩散，不止在出租车司机群，很多工作群、家长群都在转。不停地有电话打进来，不断地有信息在关切地询问，很多熟悉的陌生的朋友都在想办法。

钥匙最终找回来了，是出租车司机送回来的。我知道我找回来的不只是钥匙本身，它应该有更丰富的内涵。

——原载《贵州民族报》，2021年12月10日

长兄如父

我去看生病正在输水的沂霜了，是受他哥哥的感动。

下课，正在办公室忙，在门外往里张望的沂霜哥哥惊喜地发现了我。他来得正好。他弟弟今天没有来上学，我正纳闷但还没有来得及询问此事。

我请他进来。这是一个朴实诚恳的小伙子，去年高中毕业没有升学，在镇上开了一家烤鱼，生意还不错。他父母每天早出晚归地在市场上卖肉，几乎无暇顾及沂霜的生活和学习。都一学期多了，我还是在餐馆这样的非正式场合见过他母亲两次，并且都是匆匆聊几句而已。家长会、给沂霜送午餐、上下学接送等事情都是这位哥哥包了。他俨然是负责的家长。家庭作业读书听写之类，也听沂霜很自豪地说过是哥哥在给他辅导。我亲眼见过这位哥哥给没有吃早餐的弟弟送面包牛奶，并且是站在教室窗外怜爱地看着弟弟，并轻轻叮嘱他快吃，不然会耽误上课。看弟弟狼吞虎咽，又怕他噎着，连忙改口说慢点慢点。多好的哥哥啊！

那温馨的一幕一直都在我的脑海里翻腾着，感动着我。

哥哥进了办公室。他很懂礼貌，向我欠了欠身子，表示问好，更增加了我对他的好感。我拉开一把椅子，热情地招呼他坐下。他先跟我说沂霜生病了，在输液，不能来上学。我以为他是单为此事而来。我反复说身体要紧，病好了再来上学，补一补就行了。但是他一点没有要立即离开的意思。他犹豫片刻，还是开口了，但是又怕对我有什么伤害，语气极其委婉。他说："哎，老师，沂霜不想读书了，对读书完全没有了乐趣，我都不知道为什么？"我知道沂霜寒假回来以后就没有进入状态，但是我不知道有这么严重。我说不会吧？他只不过贪玩了一点，注意力不集中一些，我没有看出来。可是哥哥说是真的，是今天早晨沂霜亲口说的。他说弟弟听写不起，怕被打。我的脸腾地一下红了。我反复在回忆里搜寻，确信自己没有因为孩子听写不起动手打人的行径。不过我很快意识到由于自己的疏忽没有关注到孩子的情绪和思想动态，或许是我没有让孩子体会到我与集体的爱。体会不到学习的成功与集体的温暖的孩子怎么会有学习的动力呢？孩子的学习动机原来多么单纯。

只顾自责的我竟然忘了领会哥哥此行的真正用意。他探询的目光看着我。好半天我才明白过来，他是希望我能给他弟弟鼓励，让他有学习的信心与乐趣。我说放心吧，我会好好努力，帮助你弟弟重拾学习的信心。哥哥的眼神别提多么激动。他没有说出真正用意，但是他一定经过仔细斟酌思量以后才作出试探的定夺的。多么善解人意的哥哥啊！

沂霜输液的地方离学校不远，不过几分钟的路程。那里，看病的人还不少。我蹲下身子，满眼怜爱地地看着沂霜，告诉他老师很想念他，同学也很想念他，希望他早一点好起来。当时，孩子纯洁的眼神看着我，泪花已经在眼眶里打转转，他需要的就是老师这样跟他轻轻说话。

可是叩心自问，开学以来我还真的没有这样单独对他说过话。面对他的学习困难，还有课堂上他爱接嘴爱打岔，我都是粗暴地训斥他扰乱了课堂秩序的呀！殊不知，这样的训斥无济于事甚至变本加厉伤害了孩子的心灵。

哥哥警醒了我，给我上了一课。

——原载《重庆晨报》，2023年8月8日

老师，对不起

　　五月的一天中午，接到中学班主任柴老师电话。她问我在做什么，知道她耳朵背，我打开免提吼着说："没做什么，准备午休。"但是吼完我就愧疚不已，因为她听见了"午休"俩字，连说"耽——误——你——了，对——不——起。"接着她说前一天在街上碰见我同班同学吴晓峰的妈妈，给她说起了很多以前的事。晓峰是她的学生，但不是我的同班同学，他比我整整小一届。我把躺下的身子坐起来，极其认真地听她说话。必要时再吼着回话，并且文字尽量简洁。比如她问我知不知道晓峰现在当校长了，我说"知道"，又问我在哪儿当校长，我又吼"双福"。她问我房子装修好了没有，我吼"装好了"。老师的语速很慢，一个字一个字地吐。末了，她又说："打——扰——你——了，对——不——起。"

　　电话挂了，一阵电流嘟嘟声过后，那端陷入沉寂。我握着手机呆愣了好久，心情久久不能平静。还是去年春节时见过老师了。那时她住在几江大桥南桥头那栋电梯房的九楼，圆通物业楼上。年底，是她打电话告诉我，她把房子卖了，搬家到了三通街。一直念着去看她老人家的，可是三通街范围那么广，电话里头她听不见我的问话，即便吼着，长句子她也不能完整听清楚。有一次我问她住在三通街哪个地方，她很高兴地说："你来了吗？我马上下楼来接你。"说完就挂了电话。那次，我知道她一定下楼去等我了。她听清楚了"三通街"，以为我就在三通街。可是我那时候事情真的多，忙着家事，忙着工作上的事和写作上的任务，在时间上除了睡觉吃饭就没有上班下班之分。后来有一次，我们同学小聚会，我委托黄梅想办法去把她接来，也是因为老师听力障碍找不到她的住处作罢。

老师的"对不起"刺痛了我。她何曾有过对不起？她的历届学生有出息的大有人在。就我们班而言，在广州、成都、都江堰、重庆、江津等各地的党政、医疗、教育、建筑、电力、水利等不同领域供职的也有二三十人，她当为此自豪。几十年为教育事业鞠躬尽瘁，她为培养接班人才做了大贡献。那天挂了电话我就下定决心下班以后就去看她，想尽一切办法也要见到她。

放学后，我给柴老师打电话，一个接一个地连续拨通了十次都无人接听。这样的情况不是第一次，也难怪我想着去看她却总不能落实到行动上。我很沮丧，老人家行动不便，晚上极少出门，即便去三通街路口去等去堵，也会落得一场空。好吧，事在人为也要顺从天意。岂料，在食堂工作餐后回家的路上。老师打来电话，我惊喜地吼着说："我就来。十分钟。下楼。"为让她听清楚，我的语言尽量简洁，以最大声量。她说："你就来吗？我在'李七妹'卤菜店门口等你。"

我叫了一个出租。三个红绿灯，其实不止十分钟，不过也不会超出多少，可是柴老师已经觉得等候太久了。远远的，我看见她在路口焦急地张望，满头白发，一脸慈祥。在我扫码付钱的时候，她催促询问的电话就打来了。

许久不见，我们都好亲热。看见我手里提着小礼物，老师生怕我见见她很快就溜掉了，赶紧拉着我的手说："去我家里坐坐，认个门，不然又找不到。"往前直走几十米，她指着一个楼栋通道，扭头像对小孩子一样对我说话："我住在这里面的。你去看看唐老师也好。"小区很老旧，步行房加装的电梯。她之前说，人老了，搬到那里去图的是热闹。

进了屋，老师拉着我在桌子旁坐下。她慢条斯理地问我家人，问我工作，问我新装修的房子，还说房子装好了要带她去看看。她指着墙上装裱的剪纸告诉我是同门师姐炳容春节时给的。黑边框，红剪纸，红桃心里的女老师留短发戴眼镜，笑意盈盈，两个孩子手举鲜花簇拥着她。桃心下角还有一句深情的问候"老师好"，如春天黎明的鸟鸣把纯真美丽的情境烘托。柴老师一定这样指着这幅剪纸告诉过别的客人。她一生的骄傲就幻化成一张别样的年画，定格在她家里不华丽的墙上。"就是那个当了校长的炳容，我当然知道，冰清玉洁玲珑心。"我指着剪纸吼着回答她的问题，吼着跟她说话。她就那么怜爱地看着我，突然大惊失色地嚷起来："哎呀，云霞变了。这么开朗的一个人竟然变了。"我刚洗了头，她从没有见过我披头散发的样子，更没有细看过我头顶被平常的盘卷遮掩起来的白发。我赶紧把头发用皮圈束起来，笑着问她："这样呢？是不是要好一点儿。"她又细细端详，依然难以置信地摇着头："变了，总之是变了。"这时，唐老师从里间出来，步履颤颤巍巍，先是跟我打招呼，接着跟跄走前几步，把脸凑到到我面前，把眼镜往鼻梁上扶了扶，定了定神，才"哎呀"一声，指指耳朵又指指眼睛说："耳朵听不见了，眼睛也不好使了。你来了我都不知道，不走到面前都看不清楚了。"我的心顿时往下一沉，生出一种悲凉。从三十年前进中学开始，他们夫妇就是学校的骨干老师。柴老师是我们的班主任，教我们数学。唐老师是高年级的物理老师。多好的两位老师啊，那时多么意气风发，同学们出入老师家里就像出入自家门一样自由。与他们一年前相见还谈笑风生。岁月的磨砺里，他们越发衰老了。每一次相见，都以为日子跟从前一样，而其实，曾经刻骨铭心的，我们彼此的镜像都被打破了。我们看到的对方都和以前不一样了，曾经熟悉得像自家窗帘上美丽轻盈的花纹一样的面孔变得模糊。我们都在失去。

交谈中，柴老师提议合一张影。我说"好"，立刻乖巧地坐到她身边去。可是谁来拍照呢？老师一手搂着我，一只手臂往胸前一弯，说："这样咔嚓一下"。她孩子气的动作和话语把我逗笑了。她说的是自拍。于是，我举起手机调整姿势，她调整表情——她说，她要笑，但是不能大笑，牙齿缺了。

临走，唐老师也起身送我。我提议给他们夫妇拍一张。"你们保重身体。"我举起手机大声说。唐老师说："怎么保重啊，都八十几岁的人了。这次见了不知道什么时候才能再见。"我的鼻子一酸，赶紧别过头去。从年轻到年老，人的一生要体验千般万般滋味。或许最难受的就是痛彻心扉的失去，失去时间，失去生命。我努力平息内心的波涛起伏，迷惘、哀伤与蓦然升起的残酷的孤独。我忍住没掉泪。回过头来，他们都在擦眼睛。柴老师送我下楼。在电梯里她伸手摸摸我的脸，我也在她脸上轻轻拍了几下。她说："我摸你一下，你要打我几下。"这一摸一拍，一如当年的仁爱与顽皮。是的，不管岁月如何面目全非，我们还在师生情谊的相印与连接中，世事在变，容貌在变，肉体在变，依托肉身存在的感情与精神尚存。我们彼此惦记，没有任何欲求、烦恼，只是纯粹的惦念，全神贯注，把悠长的时光照亮。

在下车的路口，老师执意要看我上车。我不忍，紧走几步转身向她挥挥手："老师，对不起。我约同学们都来看您。"

——原载《重庆日报》2024年9月10日

第四辑

一山一寺

一菩提

几江，一座
馨香的城

从父亲家吃完晚饭回来，车行鼎山大道柑园一带，一种扑鼻的芳香从打开的车窗里飘进来。没错，就是似曾熟悉的久久寻觅不得在空气里酝酿又均匀地弥散出来的那种香。

一侧，艾坪山林木葱郁。另一侧，长江逶迤，画出了"几江"的"几"字浓墨重彩的第一笔。柑园就在另一侧的江边，每一棵柑子树都长得又高又壮，恣意地伸展着枝叶，像又圆又绿的绒伞。公路从柑园与艾坪山中间穿过。江津第一座长江大桥的南桥头就在柑园的尽头。

正是黄昏时分。桥头的灯，山上的灯，公路两旁的灯，来来往往的车灯从各个方向簇拥过来，黄黄白白，交织着，像上下翻飞的彩蝶。柑子花清新的甜香氤氲在翻飞的彩蝶里，光影被染了色，空气被抹了香。两三里路，我把车开得很慢很慢。

我想起来了。从我记事起，就听说过柑园这个地方。我素未谋面的一个长辈，爷爷唯一的妹妹就嫁在这里一户姓许的人家。她的名字和柑园一起被爷爷屡屡提及，那时她已不在人世。"柑子花开的时候，她家的犄角旮旯都是香的。"读过几天私塾的爷爷提到她的时候，总把这句话作为结束语。

后来，我知道柑园是几江城郊的一个村子。再后来，长江大桥飞架南岸北岸，几江德感间天堑变通途。可惜爷爷也不在了。

无数次驱车从桥上路过，注视着葱葱茏茏的柑子林，注视着柑子林里的一栋栋农家房屋，注视着那些炊烟被季节的和风吹得歪歪扭扭，我总是不由自主地想起这里曾经住着爷爷思念着的一位亲人，还有她家犄角旮旯飘荡着的花香。我想念着爷爷。我延续着他的思念。

岁月的风帆徐徐向前。10年前的一个暑假，我在北京参加培训。一天，与一位长发女生交流，她说："春天的时候，我去你们那儿听课，一个江津城都像被柑子花浸泡过的，走在哪里都能闻到柑子花的香。"她神采飞扬，双手伸向空中比划着，言语里流露出陶醉和羡慕。那是一个特别的时刻，与爷爷的念叨一样，她说的话与说话的神情适合在很多年以后不用费劲就反反复复想起。

她说的没错。江津素有"柑桔之乡"的称誉。早在清康熙至乾隆年间，江津就开始栽培广柑，距今已有300年历史。江津还是长寿之乡、富硒名城，百岁老人多，天然丰富的硒元素是得天独厚的长寿秘诀。近年来，政府从破解江津的长寿"密码"入手，全面普查硒资源，因地制宜发展粮食、鲜果、蔬菜、畜禽、药材等富硒产业。无疑，种植柑橘是一条乡村振兴的"硒"望之路。

姨爹家就在鼎山街道仙池村106省道旁，那一带家家户户都经营着规模不等的柑橘果园。

春天，柑橘开花了，洁白的小花星星点点地躲在翠绿的枝叶间，幽香沁人心脾，如果农一般朴素、浪漫、真诚。秋天，柑果累累挂满枝头，黄澄澄，金灿灿，玲珑剔透，煞是好看。

江津广柑其实是所有柑、橘、橙、桔的统称，细分的话种类繁多，有冰糖柑、桐子柑、锦橙、脐橙、甜橙、夏橙、卡拉卡拉、纽荷尔、鹅蛋柑、芦柑、金钱桔……简直数不胜数。

江津方言里，"桔""橘"与"吉"同音，"吃桔""吃橘"亦"吃吉"。过年时，一家人其乐融融围桌剥着柑橘，是团圆，是希望，是幸福，是大吉大利。

大概是入芝兰之室，久而不闻其香吧。这么些年来，我没有捕捉到那位女生所说的满城都是的柑子花香。细细想来，大概是太匆忙、太焦虑了罢。柑子花香幽幽的、暗暗的、清清的、静静的，这样的香气是很难在喧嚣中与它相遇的。

这个晚上，偶然路过，意外相遇，毫无征兆的，无需提醒的，爷爷的念叨，我的怀念，学友的兴奋，销往海内外的广柑，满城飞舞的柑子花香，孩童、少年、青年、中年，所有的细节一一呈现。还有无法说清的是，我的车开进艾坪山隧道，进了几江城区，穿过几个街区，直到进到家门，幽幽的柑子花香，幽幽的柑子花香，一直包裹着我，通过我安宁的呼吸渗入我身体里的每一条血管，每一根神经，每一个毛孔。

这是最美的时刻，谁会无动于衷呢？像寓言，爷爷与那位长发女生一定都是从3000年前的《诗经》里走出来。他们的出现，就是为了教养我的嗅觉与心境。

蓦然发现，有柑子花香的笼罩，我工作生活的几江城有多么浓厚的艺术的情味。不由想起"闻香识人"这个词，香气袅袅，鼻息里穿透的是婉约柔美的无形的韵味。

146

或许"闻香识城"也是有道理的。馥郁清秀的香气里，隐潜着城的路，城的人，城的爱，城的性格，城的追求。几江，江津，我的家乡，旖旎、温润、内敛的香气中，有凡尘的劳作与美好的向往在纵情高歌。

——原载《重庆日报》，2022年5月22日

花儿和人儿都爱了

第一次去位于江津区现代农业园区先锋镇保坪村蓝色精灵蓝莓庄园，是在2021年的早春，是蓝莓庄园的首次开园。我们年级组织春游活动，慕名而去。长条形状的人工湖在庄园的中心，湖水安静而清澈，映照着天光云影，宛若庄园的灵魂。两岸是玫瑰园，占地几十上百亩，长度达8000米。园里零星开了一些花，玫瑰与月季长刺的茎秆，薄软碧绿的叶片，血红、粉红、浅紫、深蓝、橘黄、洁白都有。大朵的玫瑰，玲珑的蔷薇，朵朵热情，朵朵美艳。我们在花田里流连。紫藤隧道长廊长达两公里，发端至终点呈一个长长的椭圆，在蓝莓庄园的外围把玫瑰园围起来。我们去得太早，紫藤萝花尚未开放。

犹记得我们已经漫步到湖对岸的玫瑰花田，晚到的同事熊芹身着白色的体恤和白色的牛仔背带裙，从河边一路蹦跳着奔来，一身清爽，一身青春。我们隔湖挥手，我们的眼睛追着她的背带裙在玫瑰园里绕湖奔跑，欢呼声洪亮开阔，我们的心随之飘起来。疫情所致的彷徨之心顷刻间得以纾解。

今年清明前夕，朋友圈在疯狂转发："重庆首届紫藤花节，必须去看看。"周末与朋友们相约着前去打卡。

与2021年不同，漫步于紫藤长廊的区外游客不少。来自渝中、璧山、綦江、永川的渝A、渝B、渝C车牌都有，原本双向的车道被私家车停车占用了一半，从蓝莓庄园门口一直延伸到两公里外，后面依然还有车陆续到达。穿着黄马褂的工作人员人举着大喇叭吆喝："单行道，慢慢慢！"另一半车道上全是人，携家带口的，夫妻相伴的，或三五好友，穿着纱衣的，戴着帽子的，端着相机的，打扮得花枝招展的，提着吃的喝的，像赶集似的涌向蓝莓庄园。

紫藤萝比玫瑰园的花开得旺，我们是清明节后一周去的，正是盛景。深紫、浅紫、粉红、纯白，层云渐染的紫藤萝花，从头顶碧绿色藤蔓萦绕着的廊架上垂直泄下，一串串袅袅婷婷，满长廊灵动飘逸，甚是壮观！仔细看，一朵朵小花就像是小巧玲珑的铃铛，仰头侧耳倾听，仿佛还能听见春风拂过的声音。阳光温煦，从花叶的缝隙透进来，在游客的脸上身上，在地面上留下斑驳的光影，为长廊增色添彩，又似悬灯结彩般欢迎着人们。

我以为会遇到很多熟人，但一圈逛下来，只遇到过两拨。刚进长廊不久，我被一群游客手拉手迎面走过来，在藤萝架下摆拍的姿势吸引住了。我站在边上，饶有兴致地看着。突然，队伍里有个女人脱离队伍笑盈盈的径直走到我面前来。逆着光，定睛一看，是师范校同班同学温铀力。正惊喜着，后面有个女人也跟着笑盈盈走过来。因她戴着墨镜还着戴帽子，看不清真面目，正疑惑着，温铀力说："是老师，你老师。"说话间，后来者把帽子和墨镜都摘下，才看清是我小学启蒙老师刁敏。

刁敏老师退休多年了，温铀力还在岗位，我不禁脱口而出："刁老师，你们怎么在一起呢？"温铀力哈哈大笑说："学校工会活动，我们把他们几个退休老大姐约出来，提前适应退休生活。"原来，她们曾经是同事。意外的相逢，让我们彼此都很高兴，我们在紫藤萝花下合影。我感动的还有温铀力所在学校对退休老师周到细致的情谊。我还遇到一位熟悉的男士面孔，可是我想不起来在哪里见过他，更记不起他的名字。他和他的妻子一起坐在路边花架下的竹凳子上，老远就冲我喊："霞姐，你们也来看花吗？"他太热情了，实在不好意思唐突问他尊姓大名，就拿出手机，给他们夫妻拍了一张照。他俩很配合，立刻调整坐姿，更加灿烂地笑起来。完毕，我还凑上前去很自豪地给他们欣赏我拍的照片。后来走散了才发现没有留下联系方式，我拍的美照一时半会儿没法传给他们。当然了，在发朋友圈的时候，我特别把他们的幸福合照放在九宫格中间，算作是对不知他尊姓的小小弥补吧。

"从未见过开得这样盛的藤萝，只见一片辉煌的淡紫色，像一条瀑布，从空中垂下，不见其发端，也不见其终极。只是深深浅浅的紫，仿佛在流动，在欢笑，在不停地生长。"身边的朋友朗诵起了宗璞的散文名篇。有人转过头来，并不是为朋友的矫情，而是找到了共鸣。来蓝莓庄园游玩拍照的人很多。尤其天生爱美的女人，她们着装讲究、色彩缤纷，款式多样，妆容精致，步履款款，优雅自信。长廊内熙熙攘攘。有的自西向东走过来，有的自北向南再自东向西绕过去。进门往东，不远处的长廊架下，摆着几张桌子，是宽田乡村火锅。从紫藤萝瀑布下垂下的蓝底白字的横幅在煦风中飒飒轻语：风告诉你，以最大的平静，去爱我们不确定的生活。有一桌已经有人预定，火锅已经上桌，毛肚、牛肉、时鲜果蔬和甜品点心也已摆好。其时食客还没有大驾。阳光底下，碧叶紫花长廊间聚餐，视觉嗅觉味蕾一起绽放，想想就食欲大开。我们索性在凳子上坐下来，美其名曰休息一会儿，实在是被花间美食诱惑了。

我们是自西向东绕行的，在长廊临终点处拐了一个直角的大弯，长廊一侧的藤蔓空出了一个豁口，下两级台阶就是湖水的一个端点。这里成了人们照相的首选地。可以长焦，玫瑰园团团簇簇的鲜艳花朵囊括其中。可以短焦俯拍，涟漪点点泛波光，美不胜收。有一个身着花冠长裙的女孩，踩着高高的花盆底鞋，举着一把洁白的薄纱装饰的油纸伞，在紫藤萝花架下转着圈。姣好的面容在薄纱后面笑意嫣然。一旁有伙伴在转着圈配合着她拍着照。游人驻足的不少，都爱上了那把薄纱油纸伞。等待了一阵，我也拿着那把伞做道具慢悠悠地旋转了几圈。为了留下我的开心，哪里管得了我的休闲服饰与其相配不相配？五六个着统一黑底红花紧身上衣、大红微喇裤的女子在台阶上摆拍，或半蹲或直立，各有各的姿势，煞是好看。摄影师极其耐心地弓着身子盯着镜头，一遍遍不厌其烦，一丝不苟，精益求精。我忍不住偷拍了一张她们的背影。我对普天下爱美爱生活的人充满了爱与敬意。马尔克斯在《百年孤独》中写道：人生的实质，就是一个人活着，不要对他人心存期待。其实，我们也可以反过来理解：人生的实质，就是一个人活着，就要对生活有热情的期待。那天我自己的衣着随意，没有把自己打扮得花枝招展。可是我爱美爱生活，爱着紫藤萝，爱着游人们的爱本身是一种态度。人们的脚步松弛，笑容真诚，都以这样的爱的姿态融于蓝莓庄园紫藤萝长廊。

佛曰爱如一炬之火，万火引之，其火如梦。蓝莓庄园如梦如火，紫藤萝长廊点燃了我极致浪漫的超越尘世的爱。爱藤萝，爱他人，爱世界，爱生活，当然也爱我自己。

那天，我在朋友圈发了一则九宫格：热情招呼我的朋友夫妻居中，熙熙攘攘的人流，两位在长廊里走秀自拍的美女，一前一后举起镜头的摄影师，湖边手牵手漫步的夫妻，玫瑰园快活荡秋千的男男女女，穿长裙举油纸伞的女孩，我的老师、我的家人、还有我。不管是正面还是侧影背影，透过屏幕都能感觉到爱与欢笑。

　　——原载《重庆晚报》，2024年4月28日

读山

蜗居四面山，其价值不仅仅在于避暑。这里适合阅读，适合思考。横在眼前的一座座山就是被风翻开的书页。它们静静地矗立着，任由谁去读懂。

早晨，我坐在阴影里，看阳光一下子就洒满了眼前的书页。天空是纯净的蓝。凉凉润润的风轻拂着我的脸庞，摇动着我的衣裙。阳光洒满山峰，可是太阳在哪里呢？我起立，转身，仰头寻找，泛着金光的太阳正被我身后的山尖托起，缕缕金光像利剑一样穿过树梢。

耳畔被雀鸟欢快的啁啾包围，早已经习惯的是不知疲惫日夜响彻的蝉鸣。它们是夏天的一部分，它们是四面山的一部分。蝉噪林逾静，鸟鸣山更幽。有了它们，不觉燥热，反而加固了内心的安宁。这样的感觉是只在四面山才有。如果能够整个夏天都在这里看山、听鸟、找太阳，确实是难得的幸事。

在这里，我的信念很简单，就是看阳光洒满山峰，然后等待太阳转过来，把阴影里的我照亮。有人从我身旁走过去，有人从我身旁走过来，还有人坐在我的身边，悄悄的，不知不觉的。当我站起身时，脑海里装满了一层层由阅读过的词句垒成的风景。

傍晚，天是瓦蓝的，树是绿的，裸露的岩石是赤红的。看得清天很高，看得清山连绵起伏的轮廓，看得清裸露的岩石不成规则的形状，看得清树的各种高矮胖瘦。四野是热闹的蝉鸣。渐渐的，天空变得灰蓝，灰蓝又变成深灰，蓝色没有了。树的色泽加深，像遮盖了深邃厚重的黑絮，光影下的树的特质消失了，看不清了枝叶。蝉鸣声随着天光的暗淡在减弱。哪栋房子里传出了萨克斯的声音，奏的是《我和我的祖国》，舒缓、悠扬，极富美感。就在优美抒情的音乐里，天空与山林浑然一体了，看不见了天的灰，看不见了树的绿，也看不见了那些裸露岩石的赤红。眼前是一块黑色的天幕。听不见了蝉鸣声，只有萨克斯在寂静中安稳地循环。心无旁骛地沉醉其中，让许多眼睛找到了免于随着暗夜沉落的风景……

龙潭湖的水，犹如碧绿的血液，滋养着山的生命。如果没有水的充盈，就不会有繁茂的绿植，也不会有栖居的鸟雀鸣蝉。山上只是光秃秃的红岩。赤裸的，是山极少的一部分。岩石是撑起大山的重要元素，泥土不是，绿植也不是，会鸣叫的生灵也不是。水以她的博爱与仁慈，维系着大山的丰富多姿，生机勃勃。

大山的本领就是，以愉悦的心情接纳；在众多生灵喧闹时，选择沉默；在阳光从山尖沉落时，燃起新的希望。

大山的本领还是，它知道自己的起点、终点与边界在哪里。如此，它负载的生灵就少了许多纠结、斟酌和算计，不附和，自觉抵制诱惑，把时间用于平静与旁观的快乐。

是的，我在看山，山在看我。大山看我与看任何人没什么两样。对任何人都不带偏见，除了本身的敦厚善良，内心的图景与外表一样丰富广阔。

但是，我依然相信，大山对拥有审美力和对生活细节的感知旺盛的人，会格外眷顾。山在眼前，山在我的心灵上，唯有在心灵上，山才高贵。山靠自身的力量高贵。山因我充满敬畏的注视高贵。

我愿意一直注视，缓慢而笨拙地探寻大山的种种奥秘。就这样，让流年从夏日的阳光穿过冬日的风霜。

——原载《长春日报》，2022年7月20日

　　蝉是夏天的标配。但是只有在四面山，卸除了奔忙与繁杂时才有闲心去听蝉。

　　一天半夜醒来，清亮的月光下传来一阵婆娑作响的声音。感觉不是风，是蝉，就在墙外的草丛里。以为是听觉的习惯使然，干脆开了窗，蝉声确实还在，并且不是一只，低低的，似有若无。

　　早晨，六点过后，天光已明，一阵尖锐的"吱吱吱"的鸣声自窗外花圃里响起，像受到惊吓以后拉响的警报，嗓音高亢、急促又紧张。注意地听，是蝉，是一只蝉。睁开眼，警报没有了，却是陆续有很多蝉立即积极响应。起初是低频率的，少许的，像树叶子在风中的沙沙声。紧接着就是近处花圃里的，隔了一条路道的香樟树丛里的，更远处竹林里的，小区楼栋周边的蝉都群起跟进，低频率的沙沙声，高频率的吱吱声，队伍越汇集越庞大，声音也越来越杂。蝉声如潮水一般滚进来，纷繁热闹的一顿吵。很容易辨别，声音里不止有蝉，还有各种鸟。"叽喳叽喳"的是麻雀,"叽叽啾啾"的是画眉,还有布谷鸟的"叽咕叽咕"。鸟的叫声总是那么优越,富有音阶音色的变化,此起彼伏,你呼我应,清晰又优美。鸟类有漂亮的羽毛和尖尖的嘴。蝉是昆虫,有翅膀,没有羽毛。在昆虫面前,鸟类有资格优越。

在这纷繁热闹的声音里会看到学校的早晨。寝室楼的管理员吹响了口哨,尖锐的哨声打破了被寂静笼罩的校园,扰乱了许多人的美梦。许多人醒来,洗脸、梳妆、跑步、练嗓,开始了新一天的节奏。那情形还像村庄刚刚苏醒的样子。公鸡打鸣三遍以后,大人催促着孩子起床读书,男人去墙角找农具,女人在灶房烧火做饭。家家户户的大门打开了,鸡鸭圈门也打开了,"咯咯""嘎嘎"地一阵乱叫,栏里的猪在"哼哼",拴着的羊也在"咩咩"……

出了门,园圃里好热闹。往前走,面对大山坐定,聆听蝉的合奏。

仅凭蝉声也能判断,蝉的种族庞大。有的类似于小喜鹊的连续吱吱声,躁动而兴奋。有的像绷直的丝线弹奏出的咝咝声,哀怨而愁苦。有的节奏、频率与音调富有变化,高音阶的吱吱一阵,低声部的咝咝一阵。说它们在合唱吧,音阶的高低、节奏的长短似乎又没有统一。不过,每一位队员都做到了倾心投入,每一个细胞都充满了张力。说是多声部的重唱吧,每一个声部里依然是你唱你的,我唱我的。但是,每一个声部都在尽力展示到过瘾才心安。说它们是在试唱练习更恰当一些。有的"知了知了知了知了知了",叫声总是"吱"的一声向上拔高,然后在长音的最后一节突然以低音"了"作结。听起来就是:"知——了!"所以蝉又叫"知了"。有的"普啦普啦普啦普啦普啦",连续几个小节,中间不停顿,音阶递进拔高,响亮而辽远。停顿前最后一个音"啦"达到最高,几乎是声嘶力竭,像合唱团成员迎合指挥的收尾手势发出的一句呐喊。有的声音相对低沉一些，时而高时而低，起伏交替，像抒情诗朗诵，抑扬顿挫，隽永深沉，荡气回肠。不管是合唱、重唱还是试唱，循环到一定节奏，正怀疑还会不会有余音缭绕，不会的，没有了，声音戛然而止，说停就停。像嘈杂的教室瞬间安静了下来，学生们都老老实实地坐在座位上，静悄悄看书，埋头假装学习，将眼睛的余光看向门口。然而并没有人进来。更像芭蕾舞曲的有意卡点和断句停顿，恰如其分地表现出演奏者有力、刚强的情感和意图。

就这样，一只蝉的鸣叫能倾倒一个季节，无数蝉的奏响会惊艳整个世界。它们的声音是躲在树丛里的，到底是腹部震动还是嘴巴发出的？我不敢轻易断言。百度百科说，雄蝉的声音是由第一、二腹节内的发声器的收缩运动，分别牵动两侧发生膜受迫振动而发出。雄蝉腹部有发声器，而雌蝉没有发音器。我久久地谛听，甚至一时冲动想挤进丛林里去细细地探寻。但我不敢。我的眼睛从山底搜寻到山顶，没有找到一条路。我还惧怕灌木丛里可能会出现的蛇。我擅自闯入它们的领地，会被当成一只长大的蚂蚁。山水、草木、蝉与一切动物才是自然的主体，而人不是。

知道蝉底细的估计除了百度百科，还有风和阳光，还有坐在网上的蜘蛛。风与阳光不需要固定的路径就能准确地定位，哪一只蝉匍匐在哪儿，什么样的羽翼什么样的表情。它们也清楚蝉发声的秘密。在夏天的阳光里，蝉鸣似乎也带着金光的荣耀。

喜欢安静的蜘蛛对蝉虎视眈眈，它们的网就是证据。我更希望，快乐鸣叫的蝉会像孩子一样，把那一张张网当做游乐场的玩具，吱吱叫着不小心从中央掉下去，让蜘蛛瞪眼看着自己一手布下的陷阱是如何遭到破坏的。但是也许，蝉也会触网成为蜘蛛的猎物。即便没有蜘蛛，它们透薄羽翼包裹着的身躯也承受不了凄风冷雨的侵袭。寒蝉凄切，季节轮回，秋天的蝉鸣就是绝唱。

鸣叫，歌唱，聒噪，有人说它们高洁，有人说它们制造噪音。它们就是鸣叫的蝉，成长到能叫，需要经过几年甚至十几年的蜕变，已经很不容易。所以一旦能叫就叫得大声，不知疲倦。因为夏天一过，它们就会死去。短暂的风尘间，哪里顾得了别人的眼睛怎么看待呢？哪有时间洗刷自己呢？只要还活着，就要纵情放歌。生命中最灿烂的时候无非就是：居高声自远，端不藉秋风。

这个夏天，在四面山，临山听蝉，蝉鸣如瑟。

——原载《长春日报》，2022年7月20日

四面山流动的风

　　早晨，在四面山的龙潭湖边散步。风很轻，极力不发出声响。但我还是听到了叶子碰撞叶子的窸窣声，以及鸟雀在枝叶间睡眼惺忪时扑腾翅膀的声音。微微颤动的有绿的叶，还有红的白的花。风化身为灵动的景。靠近栏杆，或者在某块石头台阶上坐定，随便哪个位置，都能让自己融于其中，成为景的一部分。

　　风有各种颜色和形状。黄色的野雏菊遍地都是。因为太普遍，还因为微乎其微，小之又小，反倒让它谦卑得毫不起眼。见那路边与林间金贵的黄色点点舞动，风与野雏菊一起存在。有一种花是白色的，很像古代女子插在头发上的发簪，所以叫玉簪花。它们一串一串的，集体有规律地摇摆着，像新年乐曲奏出的音符，又像春晚舞蹈《只此青绿》迷人的舞姿，还像迁徙的雁群正在告别村庄。风是龙潭湖的波纹，细细密密的，像起褶皱的绿缎。让生命掀起波澜，让每一个瞬间都心醉神痴，这是湖永远的最爱。视线越过湖面，目光一直搜索到对岸。山坡陡峭如屏，茂盛的秀色像无数的眼睛在忽闪，神秘的、数不清层次的，吸引着你禁不住去猜去想。风就这样寄居于江湖林莽、原野山峦。这各色温柔的风，清凉的早晨，碧绿的眼，美丽的情怀，四面山美好的夏天不过如此。

山倒映在水里，水与山一样的绿，哲思般沉郁的绿。我像哲人一样沉思。抬起头来，山比平常要高，要仰头才能看到顶。阳光出现在风景里，在山顶上静止了一会儿，快速向山下移动，流泻到湖面上，把沉郁的山与水的绿都拥在怀里了。不用我猜，那是太阳突然向上跳动了一下身子。有些温暖与光明是循序渐进的，太突兀的打破是粗鲁。在四面山，太阳是轻柔而懂礼节的。

风是润的。有人在吼嗓子，回声远远地来。有人躲在树丛里钓鱼，一动不动地注视着水面。细细的鱼竿在水波里抖动。几只蝴蝶围着垂钓者飞舞。他的时间很干净，没有杂质，不受干扰，寄放在一根细细钓线的沉沉浮浮里，任性情、追求与思想都飘散在粼粼的水波里。他的精神与世隔绝。他不觉得孤单，也不觉得盲目。

善钓者都如此，既不觉得孤单，也不觉得盲目。

早晨一直有风，看得见风在山顶的树梢摇动，在湖边的花圃里摇动，在水面的柔波里摇动。龙潭湖的风喜欢柔柔的东西，或在万紫千红的花间飞舞，或在绿林里婆娑增添妩媚。

一群游泳的男女下了水，腰上挂着个橙黄的葫芦，像一尾尾长了彩色尾巴的鱼。他们扑腾的水声很有节奏，噗啦噗啦，噗啦噗啦，掀起的水花在欢快地移动。

晨风里，专注地看着对岸的山林，会看见一些树枝在零乱地摇摆。那是四面山的土著居民——猴子在活动。要看清楚它们的真面目，可以沿着林间的山路，一直往里走，道路的尽头有猴子们聚居的洞穴。修建的小房子里放着玉米花生等粮食。那是林业工作者向猴子投食的地方。沿着那条路，我去看过它们。途中有牌子：不挑衅不注视，可获猴儿亲切合影。在投食地，有上百只大大小小的猴子，也不怕人，上蹿下跳，抓耳挠腮，可爱无比。

偶尔风停了，龙潭湖也静止不动了。湖底满满当当的是山的倒影，树林的倒影，岩石的倒影，绽放的绣球、雏菊的倒影，有猴子活蹦的枝条颤动的倒影。枝条在颤动，湖面与活的生灵似乎都跟着颤动着，阳光追逐着它们。

在四面山，在龙潭湖，我捕捉到的，是琐屑的细微时刻，是夏天早晨流动的风。即便是片刻的美好，也是生活的韧度，也是绝佳的治愈。

——原载《重庆晚报》，2022年7月22日

四面山的会客厅

　　喜欢四面山的理由有很多：绿色、清凉、清静、富氧，邻里融融。

　　七月中旬，2022年第一次进山。当我们拎包提箱地出现在小区的林荫步道上，过厅里的叔叔阿姨们都转头微笑地看着我们，一双双善意的眼睛扬起来，友善地打着招呼：

　　"你们才来啊？"

　　"前几天怎么不来？那么热。"

　　"今年不会那么匆忙下山了吧？"

　　过厅里新增了几张条木椅子，椅子上坐满了人。不用说，一定是物业安的。这样想着进到屋里。从城里带上山的东西还没有理顺，只在避暑期间相聚，做隔壁邻里好几年的本家前辈就举着两只煮好的糯包谷——四面山著名的土特产之一，色泽晶亮，香嫩甜糯，营养又健康——他轻轻拍响了我们敞开着的门。他擅长厨艺，分享美食是他的一大乐趣。我拿出了我新近出版的书，去年他向我索要过，因为回江津后再没上山，天气转凉他又回重庆去了。这是我们一年后的再相见。我记得自己的承诺。

避暑房小。吃饭睡觉之外，大家喜欢在室外公共空间散步、逛场镇、跳舞、聊天。前不久在作家前辈舒德骑老师的朋友圈得知，四面山的猴子也亲民了，不躲在密林深处，竟然活泼泼地跑到人车汇集的开阔地来了。不用说，今年进山避暑的人们又增添一件乐事了：看猴。

小房子里有一大筐桃子，毛茸茸的，皱巴巴的，半大不小半生不熟的样子。以为是父亲买来吃的，还责备他买得太多又不光鲜，品相不好，估计口感也好不到哪里去。父亲说，不是买的，是去附近农户家摘的，摘来喂猴子的。哦，不出所料，猴子果然是四面山今夏最耀眼的明星。

傍晚去山门散步一圈，享受着凉润润的深呼吸，给友人发了一条信息：山里不一样，是很不一样。回去的途中碰见一阔别多年的同事，再折身回去与她一起走了一遭，说了很多话。空气好了，呼吸就好；呼吸好了，话语就多了；话语多了，情感就近了。

回到楼栋，过厅已经没有了人，几张椅子空荡荡的。我坐下来，想着：小区物业真是好啊！放上这么几张条木椅，邻居们在这里坐坐，人气就旺了。互相聊聊，人情浓了，彼此照应就多了。姓吴的奶奶一个人住三楼，平常儿子儿媳要上班，周末才能来。四楼的阿姨要带刚满月的孙子，叔叔腿有残疾。总有人帮助他们买米买菜。底楼六号房的猫咪委托邻居照料两天……

小区物业真是好啊！我想起几个月前作为政协委员身份受邀去调研城里的一个老旧小区，社区工作人员问到老人们有什么需要帮助时，他们就提出了这么个小小的要求：在过道或者花园一角安放几张椅子。不然，他们感到闷了彼此想说说话，出门来要么随地而坐，要么就坐在花台围栏边的石阶上。

上了年纪的人跟随子女进了城，被钢筋水泥包裹着的是他们对乡土的凝望，却挡不住他们渐行渐远的难隐的村庄情结：进门是小家，出门是大家，无遮无掩，彼此有话语有温度，亲密无间。老人需要抱团，一起坐坐，一起说说话。

山里的雨水多，说来就来，又快又猛又急。"下雨了！收衣服了！"第二天中午，一阵忙碌过后，邻居们又聚集在门厅里逗孩子，看雨，说话。"小区物业考虑真周到，"我在他们中间坐下来，禁不住赞叹道，"有这么几张椅子，真是好！"

"物业准备安来着，刘阿姨已经花钱买来安放好了。"父亲指着右侧坐在条木椅中间戴着金耳环和珍珠项链的精精瘦瘦的短发老人说，"去年她买的那边两张，今年又买了这边两张，一共花了三千多。"

哦，难怪四张椅子颜色不讲究不统一呢。左右并排各两张，一边是橘黄，一边是朱红。我不由得侧头看着刘阿姨，满怀敬意。

父亲继续说着："她做好事，心好的人会长命百岁。"

刘阿姨不好意思了，连忙说："这有什么啊？我的家门口就在这里，热热闹闹的多好啊。大家方便，我就方便。"

老人们你一言我一语，交谈热络起来。得知刘阿姨八十二岁了，老家是蔡家乡村的，一辈子务农，育有一男两女。丈夫是四面山采木工，退休二十几年了。夫妇二人随子女进城也很多年了。她很骄傲地告诉我她们家是四世同堂，大孙子都三十四岁了，曾孙也十岁了。她还带我去看她女儿的避暑房，与我们在同一楼层，今年才花了两万改造了厨房。

老人很健谈，头发浓密，白发不多，动作也很利索，看上去的年龄比事实上至少要年轻十岁。

积善之家必有余庆。这句话蕴意丰富，与学识厚薄、财富多寡似乎没有多大关系。

门厅既是过道，更像是一个简易开放的会客厅。一大早，也没有梳洗，披头散发的，我就坐在门厅的条木椅上，看穿戴得干干净净的梅叔（刘阿姨的夫君）侍弄着一只鸟。据刘阿姨说，那是一只八哥。黑色的羽毛，长尾巴，红色的尖嘴，眼睛又圆又亮。头顶是黑色的细细的绒毛，眼睑至后脖子围了一圈黄色的肉肉，类似公鸡的头冠。咋看，脑袋上就像戴着一顶装饰着黄色丝巾的黑帽子。它翅膀底下的羽毛是白色的，当它张开翅膀飞起来时才能看见。

我问梅叔："它叫什么名字呢？"梅叔说人们称它"欢哥"。欢哥在鸟笼的木架上跳来跳去，又从木架上跳到下面的竹条上，再从竹棍上一下子飞到木架上，动作很是灵活。

笼子布置很是精巧，除了蹦跳飞翔的木架子竹棍子，还有用红线悬挂起来的金色铃铛，式样考究的白色食槽和不锈钢水槽。梅叔慢条斯理地把搁在笼子里接粪便的塑料底盘拿出来清洗，再用洁白的毛巾帕子把水珠擦干，水槽食槽也都拿出来洗干净擦干净了，再一一送回笼子里去。然后往笼子里添水加食，还把一大块削了皮的苹果挂在笼子里的铁钩上，把一块梨放在底盘里，又进屋去拿了半个鸡蛋黄搁在木架上。欢哥一会儿跳，一会儿飞，一会儿啄食，一会儿用嘴巴整理羽毛，一会儿说话一会儿叫，忙得不亦乐乎。刘阿姨说："你看它欢喜得很，像小孩子停不住。"

刘阿姨说梅叔不打牌不抽烟不喝酒不喝茶的，话语也不多。幺女担心他年纪大了心生孤寂患老年痴呆，去年三月花五千元买回来这只八哥，让梅叔在照顾中精神有寄托。

欢哥最逗人喜欢的是嘴巴很甜。它用不同的声音说话："爸爸牵起耍哈"是粗莽的男声，还是地道的江津方音；叫"幺姑婆幺姑公"时是稚气的童声；问候"你好"时又是温柔的女声，还是标准的普通话。它说得最多的就是"你好"。刘阿姨说它听人说多了就会说，想说啥就说啥，想咋说就咋说。有些话她也听不懂，也不知道在哪儿跟谁学的。但是正教它说话它又不说，犟得很。

坐在条木椅上，看着那样老少祥和而温馨的画面，不禁想，女儿的欢哥给了梅叔温暖、孝敬、体贴，刘阿姨用心布置的客厅给梅叔增添了更多的安宁、欢乐与幸福。一个小小的决定，不为自己却成全了自己。原来成全他人，也是成全自己的啊。

过厅外那条南北贯通的林荫步道，不光小区里的人，小区外的人去四面山场镇买菜，都爱从这里穿过。人们来来往往的，老年人、中年人、青年人都爱在这里驻足，喜形于色地对着欢歌说着"你好""你好"。被大人牵护着的小孩子们往往会挣脱大人的手，跑过来围着笼子，站着蹲着，眼神里是满心的爱意。有时欢哥保持沉默，梅叔和刘阿姨就和善地回应着"你好""你好"，人与鸟、人与人就这样和谐起来。

在四面山的星宿丽景、万水千山、香槟小镇、二台竹苑等小区，在那些高高矮矮或新或旧的楼栋里，透过繁花似锦的花园或碧绿的临街绿植，都可见到古朴、熟悉而亲密的邻里相处模式：或几张老旧的藤椅，或几张小巧的矮凳，或几块简易的木板，不管是闲赋之身的大小官员，还是乡间畜牧耕种的老爹老妈，不管是他乡的客人，还是本地的乡亲，老老少少、男男女女，聚集就是一家，门厅已悄然化身客厅，处处散发着的静谧岁月的独特韵味。

每年夏天，父亲不等入伏，甚至五月刚过，就心急火燎地嚷着要进四面山避暑。我似乎明白了他留恋四面山的理由：是曾经在乡村有过尔后在水泥丛林里消失一直在他们心上保存完好的，带有浓郁烟火味的，带有浓厚世俗人情的邻里氛围。在四面山的会客厅，有鲜活生命的交相辉映，有不可错过的心灵私语。

——原载《重庆晚报》，2022年10月8日

　　去年到四面山避暑，前后呆了一周时间。因没带电脑，不能做想做的事情，脑海里就不停地蹦出重庆诗人李元胜写的诗句来，跳舞一般画着圈，提醒自己是在虚度光阴。可是有什么办法呢？城里那么热的啊！连顶着酷暑上着班的人，也努力寻找机会，即便利用下班以后，也扶老携幼躲到四面山来，只为求得一缕清凉，何况我正放着暑假呢？

　　我们住的楼栋多是单间配套，二三十平方米。底楼正中间的楼梯口是类似门厅一样的过道，地方宽敞，倒成了各家歇脚聚会的欢喜所在。靠墙左侧有一张条形竹沙发，右侧随意摆放有几张小藤椅，沙发和藤椅都是旧的。无论早晨还是傍晚，父亲和一帮老头老太太们坐在那儿，就那么随意散漫地坐着。这些来自重庆和江津城里的老人们，个个耳聪目明。他们只管每天吃得舒舒服服，想去土地岩逛逛就去土地岩逛逛，想去水口寺看看就去水口寺看看。穿什么不要紧，最好是棉质衣衫，脚跋轻便舒适的草鞋。我父亲就特意到市场去买了一双草鞋，鹅黄色的，稻草材质，手工做成。在树荫里漫步，头顶是蓝天白云，身边是绿林碧水，耳畔是清亮的山泉、飞瀑和鸟鸣，即便漫无目的，沿着丛林里蜿蜒的小径只管向前走，会豁然顿悟深受启迪。回望身后的曲曲折折，半天一天的兜兜转转或许就是半生一生的生命航线。疲惫着也欣喜着向前，就是坚韧、责任、希望与传奇。

大多数时间，他们就聚集在那里，就那么坐着，用一种完全与自然融于一体的装束，白天看着太阳的影子打发时间，去体量生活。夜晚是适宜做梦的，也是适宜敞开心扉聊天的。虽然年龄、性格参差不齐，但是只要往那儿一坐，话匣子就打开了。或轻言软语地说着自家儿女家常，或声如洪钟般讨论着并不十分有把握的家国大事。说得尽管兴高采烈，听的尽管全神贯注。他们随意的衣着，随性的言语，随和的表情是如此寻常，与每一个城市街巷闲聊的百姓并无二致，但又是与众不同，自有属于他们的特质。我寻思着不必埋怨躲进深山的无聊，单是用心去聆听去感受那些活泼泼的故事，就有无穷的乐趣。

头发花白、唇角有痣、行动缓慢的老太太已经83岁了。她是一位老军人的遗孀。老军人已经作古七年，她的大儿子也在十年前因病离世。一生跟随戎马生涯的夫君颠沛流离，晚年痛失爱子，如此妇人很容易让人想起孤苦伶仃、晚景凄凉等不幸的词汇。其实不然，她每天把自己的生活安排得妥妥帖帖，饭菜吃得不多也要做得合胃口。她说："睡眠要充足，每天要开开心心。"问她如何做到的，她说大儿子去世后整整七天她吃不下睡不着，接下来的大半年时间里整个人都是浑浑噩噩地过日子。后来汶川地震让她豁然开朗。大自然尚有人力不可控的天意，何况人呢？就是这个名不见经传的老太太，她养鸟、种花，看书，看小说、看药书，画画，画老虎、画花，她不是诗人，她写诗。

"年轻人，买点书来读，读书增长知识啊！"老太太是一本正经对我说的。说这话时，她的每一根头发，每一条皱纹，连紫红色的牙床都是那么雅致。

住在隔壁的是税校退休的行政干部。他身形高大，声音洪亮，总是和颜悦色。如果不是亲耳聆听，谁也不会相信他已经72岁了。他擅长厨艺，最爱做面食。

那个早晨，当我睡眼惺忪地坐在旧藤椅上琢磨着该弄点啥敷衍一下辘辘饥肠。他旋风般出现在我面前，手里端着一盘热气腾腾的馒头。他家里天天都是宾客盈门。昨天，是他的两个老家亲戚，今天就是楼栋里的邻居。当客人们都对着电视屏幕闲聊着消遣时光，他则乐呵呵地张罗着大家的伙食。为了当天中午的饺子，他买肉、买菜、揉面、擀皮、剁肉、剁菜、拌馅、包饺子、煮饺子，忙了整整一上午。他脸上溢出的舒心的笑，他忙碌中的有条不紊，任谁都能够看到他在山里居家过日子的那份闲云野鹤般的逸致。不用说，那个中午，我也品尝到了他精湛的厨艺。

楼道尽头的女主人是刚刚退休的女教师。因为我也是教师的缘故，她特别喜欢到我家串门。唠嗑中，她流露出对三尺讲台的不舍，对那些活泼孩子的牵挂，对其乐融融的师生气息的怀念。

对生活的爱，对亲人的爱，让这些不同家庭不同职业的老人们，即便独自一人也能把生活过得多姿多彩。真是羡慕他们，越是上了年纪，越能深切地体悟到人与人的妙处，就像常人体悟到人与自然的妙处一样。

那是一种艺术，也是一种秘密。专注地聆听，宁静的内心，平和的注意力，节奏与变化，本能与欲望和谐相融的秘密。这种艺术可以化腐朽为神奇。

如果这是虚度，那也是生命中最圣洁的虚度。

——原载《重庆晚报》，2020年8月21日

体验轨道交通江跳线的想法萌生已久，前段时间我一提议，立即得到几位朋友的积极响应。临出发，画眉毛、描口红，像即将坐上花轿的新娘，每个人都把自己拾掇得花枝招展，容光焕发。互相打量着各自的妆容，心情与多年前从教农村学校时，在节假日相约着进城逛新开业的重百超市买新衣服时一样鲜亮，与多年前组团筹划着天南海北到处自驾游一样振奋。坐个轨道交通，无所事事的闲暇，竟然唤醒内心深处的某种冲动。久违了，好奇与激动，欢喜与热情。

从乡村到集镇，从集镇到县城，无论身在何方，对新事物的向往坚定不移。在哪里去哪里不重要，心怀童真，永远少女。心存热爱，永远向前。

江津圣泉寺轨道交通站就在滨江新城几江大桥北桥头。从动工到开通，开车无数次经过，才知道那儿就是轨道交通站。及至爬上扶梯，经过安检，扫码进站，刚刚排队站定在候车队伍中，瞬间白色的火箭头呼啸而来，概念上的轨道交通站才真切鲜活具象起来。

坐轨道交通的人多，大家排队上车，不疾不徐，井然有序。待得坐定，发现左右都已经没有空位了，还有不少站着的乘客，却依然可以透过对面或者身后透明的车窗看风景。心怀感奋，掏出手机发了一条微信朋友圈：重庆轨道交通5号线跳磴至江津线2022年8月6日开通，今日化了个妆，体验江跳。短短几分钟，竟然得到很多朋友热切回应："专门强调化了个妆，好有仪式感。"

可是去哪儿呢？杨家坪？沙坪坝？朝天门？坐上了轨道交通才发现我们没有终点。几个女人面面相觑。这不是第一次。说走就走，自由随性，随心所欲。不着急，不匆忙，没有人催促，也不要惦记前方有没有谁在等。坐轨道交通的乐趣除了没有目的的出发，还有我们笃定不用下车也一定会回到原地。

"我不拿主意。"我双手环抱胸前装作闭目养神。"我也不做决定。"梅把头扭向一边。另有一朋友自新疆到江津不久，对重庆不熟悉，不会抢着表态。导游的重任就落在了万之的身上。她可是不进厨房不做家务养尊处优的女人啊。可万之并不介意，她筹划的第一条路线是去沙坪坝，逛书店是内容之一。梅第一个反对，说出来就是放松的，就不要想着工作和学习。我赞成梅，同时附耳万之："不用急，时间有限。逛书店列入单项计划，下次去西西弗。"深交了数十年的闺蜜，彼此不计较，说话的方式向来随意。我是此行提议人，她们不在意，每个人的感受我多少得有所顾及。万之说去解放碑，我们都不吱声，不吱声就是默许。万之打开手机，一番倒腾，怕手机没电罢工，一边解读一边截取了两张图片发到我微信，是换乘路线图。打开细看，去解放碑我们要经过两次换乘，一次是在跳磴换乘五号线往石桥铺方向，一次是在石桥铺换乘一号线往朝天门方向。所谓江跳线就是圣泉寺出发到跳磴的轨道交通，从起始到终点一共7个站点，分别为圣泉寺、江津高铁站、享堂、双福、九龙园、石林寺、跳磴，全线途经江津区、九龙坡区、大渡口区等3个地区。我们留意了，从一个站点到下一个站点两分钟不到。五号线跳磴到石桥铺一共有12个站点，一号线石桥铺到朝天门共有10个站点。我们从圣泉寺出发，到达渝中区较场口总计用时77分钟。我们一致认为比自己开车还快。梅说，今天这趟行程，自己开车若遇上堵车，至少需要两个小时。

著名的网红景点"十八梯"相距较场口轨道交通站4号出入口不过一百米的距离，抬脚穿过一条公路就到了。这条街依山而建，石梯坎、黄葛树和市井气是街貌特色。两三百米的街道往上连接繁华的商业区解放碑，向下通到山脚和江边的老城区。随着人流，踩着石梯子爬坡上坎，我们细数着十八景十八味，寻觅着老重庆的印记，品咂着老重庆的味道。有外地客人打望的不仅是美食美景，还由衷感叹重庆美女果然名不虚传、个个赏心悦目、活泼灵动。连路上街拍的美女，也都是模特范儿。万之喊渴了，梅招呼大家走进"人间茶话"歇息，给每人要了一杯酸梅汁。看时间，才五点半，大家一致认为，应该到洞子口吃一顿地道的重庆老火锅再回去。

餐毕回津，我们七点二十从较场口1号线出发，在石桥铺换乘5号线，到达跳磴换乘无缝衔接，八点半坐上了最后一班江跳线。江跳线返程的人也多，一样熙熙攘攘，一样井然有序。对面坐着一对年轻情侣，女的着白衣牛仔裙，男的着白体恤牛仔裤，他们说话时眉眼中扬着不羁与自信，那是青春才有的活力。一旁学生模样的少年，一直全神贯注地捧读一本书。有人紧挨着他坐下，他礼貌地合上书站起身来，似有若无地露出笑意。有人在看手机，有人侧头看着窗外，有人在小声说话……互相没有牵连，却又同坐一趟车。万之捂着我的耳朵说："哎呀，多久没有这样的体验了。"

是的，热闹、新奇、速度、准时，这感觉与自己开车完全不同。未来会证明，这一天的出行将是一件值得我们铭记的大事。与多年前相约着从乡镇涌向商场买新衣服不一样，我们坐轨道交通进城，不只是为了体验新的出行方式。同城发展，交通先行。短短五个小时，一路绚烂，一路深情，有出发也有到达。坐轨道交通的人中，年轻人占主流，他们更向往新事物。与年轻人一起，会吸纳朝气和精神。新感觉滋生源源不绝的活力，这是一种深刻的变革。相遇江跳，邂逅美好。

有人在朋友圈留言："我就想问，不化妆可以去坐轨道交通不？"答案不言而喻，留言的也明白，化妆与否不重要。还有人留言："年内5号线全部通车后，从江津出发，不在跳蹬换乘，直达石桥铺和渝北。"让人心生欢喜的，不是去哪儿，能去哪儿，而是选择什么方式出发。因为更好的出发也是为了更好的归来。便捷、快捷自然是首选。市郊铁路江跳线过江段——圣泉寺至鼎山段已于2022年12月28日开工建设，江津即将全面进入"轨道时代"，融入重庆主城都市区"1小时通勤圈""1日生活圈"指日可待。长江要津，乘势而兴。弄妆梳洗，巧笑倩兮，美目盼兮，去坐轨道交通！

——原载《重庆晚报》，2023年7月4日

漂流的乐趣

　　河边漫步，野地露营，田里插秧，林下拾蘑菇，登山观暮色苍茫，听鸟儿晨歌，如果说上述亲近自然的方式都比较温和的话，那么到一条蜿蜒流动的河道里漂流则是勇敢者的选择了。因为驾驶无动力的橡皮艇在时而湍急时而平缓的水流中顺流而下，除了要消耗体力，还得对自己的心理承受能力有一定的把握才行。

　　因地理原因，高温伏旱骄阳似火，副热带高压控制着的高空气流在下沉时逐渐增温，长江河谷的盆地好像处在火锅底一般。每当气温一日高似一日，每当城里的朋友们对近期下雨不抱任何希望的时候便会嚷道："去漂流吧，去漂流吧。"

　　多年前的一个夏天，几家人驱车从江津出发，到素有渝黔第一漂之称的旱渡河铜鼓滩漂流。这里因河水湍急、滩多浪高、峡谷幽深、水质清纯而闻名。这也是我们此生第一次水上漂。

　　因为好奇，映入眼帘的一切都是那么新鲜。起漂点河谷两边是长满狗尾草的山坡，黄蜂和蝴蝶在兀自飞舞。陆续到来的游客们在做漂流前种种准备，我们高兴得手舞足蹈，从头上摘下往高空飞出去的帽子差一点打在旁人的脸上。他的情绪没有不痛快，喜形于色地与我们寒暄："这太阳，这青山，这蔚蓝的天空，这稀疏的白云，是吧，老天眷顾着，适合漂流。"

是啊，经他的提醒，我看见水波的白与天空的蓝和太阳的红遥相辉映，不禁越发地欣喜若狂，挥动已经折叠好的帽子，连声高喊："喔——喔——喔——"

于是，很多人，熟悉与不熟悉的人都跟着应和："喔——喔——喔——"欣喜若狂的喊叫像一股强劲的风穿过万道金光，跨过翻腾流动的河床，挂在远处的青山山脊上炫耀。

生命中，总有一些瞬间，令人激动，令人沸腾，令人心生溜溜转的陀螺，令人任何时候回顾都充满了炽热的欢喜。

我们三人一组坐上了充气漂流艇。因为水势平缓的河道居多，多数时候都需要手动划桨。最初，我们兴奋地说着话轮流划着桨前行，遇到陡急的河滩时齐喝一声："坐稳了！"于是掌紧扶手，随着翻滚的白浪，在特别的尖叫声中，随着小艇跌落险滩。渐渐地，我们都感觉累了，午饭点的时间早过了，很多时候，我们索性搁下船桨，任凭小艇在缓慢流动的水面随意漂荡。十二公里计划两个小时的漂流，我们整整漂了四个小时。

向往已久的漂流，最初的兴奋过了，就是两岸逶迤绵延的山峦，藤青蔓绿的山林，挺拔倔强的野草，浮光耀金的河水，还有一艘艘怡然自得的小艇，以及我们共同激奋的一个又一个河滩：珍珠滩、铜佛滩、老虎滩、猪肚滩、飞鱼滩……

当到达终点，我们一个个瘫倒在河滩上，感觉浑身的骨头都要散架。敢于尝试就要承受疲累，并且还要努力坚持下去，我们别无选择。即便如此，想起铜鼓滩漂流，铮然闪现的依然是抑制不住的兴奋、齐心协力、优美、舒缓与冲浪式的激越。

而惊险与刺激则是綦江万佛峡漂流的独特魅力。在鼎山商会杨会长带领下，一行二三十人游览了"一湖"丁山湖，"一寺"金山寺，"一古镇"东溪古镇之后，就可以去体验"一漂"万佛峡漂流了。

綦江万佛峡起点于丁山湖高滩岩，止于东溪镇双桂圆。沿途风景没有什么特别，杂草、荒石、山地、梯田互相交错。说是河，很多地方像是用石头砌成的沟渠，沿途都有身着黄颜色衣服的船工，好心地举着一头装着铁钩子的竹竿，把偏离航线的小艇拉回正道。

万佛峡水体落差大，不宽的河道延伸在峡谷坚硬的腹地。十公里的漂流几乎用不着划桨，就乘着水势顺流而下。迎面而来的是惊险、惊喜、期待与有惊无险的与自然搏斗后的畅快！在笔直的河道上，小艇一泻而下。一些河道在狭长扭曲的悬崖缝中，小艇与崖壁碰撞着挤压而下。最喜欢的是橡皮艇突然撞击着岩石，只一刹那工夫，就顺着陡峭湍急的水流一下子坠落，速度快得令人屏息，瞬间腾起的浪花连人带艇一起淹没，简直是要窒息晕眩。一波未平，一波又起。水浪裹挟着山风翻滚呼啸着，我们的心也呼之欲出般转过急弯从一个河谷跌落到另一个河谷。前一秒钟还在打水仗，用水瓢啊水枪啊做着泼水游戏，忘乎所以的一刹那之后，那水仗的激烈就在惶惑的惊叫中偃旗息鼓，仿佛什么都不曾发生过。刹那之前和刹那之后竟然如此不同。一个刹那过了又是一个刹那，人随艇漂，艇随波逐，人与艇浑然一体。我们束手无策，总在激流险滩中起落、妥协、舍弃、冲锋······正因为如此，不管粗糙狂野还是精致优雅，生命中的每一个过程，都值得好好珍惜。

说出来朋友们会相信的，与温和优美的漓江竹筏漂流相关联的一定是岁月静好。那一年，在清澈碧绿、水波不兴的江面上，与儿子意兴阑珊地乘坐竹筏游览名扬中外的桂林山水图。轻柔的江风呼应着竹筏工的讲解，一座座拔地而起的山峦扑面而来。常常有飞鸟盘旋着飞掠而过，仿佛是阻挡不住的生命的律动，又无声无息地被抛在了身后。领略着"舟行碧波上，人在画中游"的名副其实，而本质上，连同乘坐的竹筏，我们已经成为画中一景。卵石、碧水、奇山、蓝天、江风、白云，漓江的漂流充满了爱恋的光影。

其实，我还想再去黄河漂流一次。在美丽的黄河之滨兰州，在带着无限憧憬与热情追寻过黄河第一桥中山铁桥，审视过最古老的灌溉工具大水车，触摸过最具代表性的雕塑黄河母亲像之后，就可以心无挂碍地体验乘坐着古老的渡河工具羊皮筏子横穿兰州市区的黄河漂流了。在波涛滔天的黄河上，盘着腿晃悠悠地坐在充气鼓胀的羊皮胎做成的筏子上顺流而下，浑黄的航道上彩虹飞架，汽笛声声不绝于耳，还有被称为筏子客的水手高亢地打着颤儿的"花儿"，源远流长的传统与喧嚷欢腾的现代融合，既惊心动魄又浪漫风情。照理，这样的不和谐会导致感觉与思维的强烈冲突，可是偏偏，置身其中的人会不由自主地安静，脑海里也会不由自主地晃动着古老文明的一些模糊的影子来。

——原载《重庆晚报》，2021年8月24日

美丽荔桥坪村

车在208省道缓缓行驶。

车窗外，长江岸边的田间、山坡上、道路旁，一垄接一垄，一片连一片，满眼都是荔枝树。

一棵棵荔枝树绿意盎然，层层叠叠的枝叶是绿的，累累的果实也是绿的。

过一些时候，荔枝渐渐长大，果皮开始由青绿变为青红，再过一些时候，就该是荔枝大熟的时节了，青红的果实会变成深红紫红，想象着漫山的绿遍野的红，似有一股琼浆般的甜香直沁心脾。

正遐想着，车子往左拐进了道旁一侧的水泥坝子，江津桥坪村村委会到了。

"欢迎你们！"一声响亮的招呼似清泉击石。转头，桥坪村英气挺拔的程书记已经旋风般出现在我们面前了。年轻的程书记长着一张圆圆的脸，高挺的鼻梁，眉宇间闪烁着神采。握手寒暄之后，他开始滔滔不绝:"荔枝是我们桥坪村一张响亮的名片……"

对荔枝的认识,大众耳熟能详的莫过于唐代诗人杜牧的《过华清宫绝句三首·其一》。这令古代帝王、文人情有独钟的果儿怎么会在桥坪村落脚呢?

原来,桥坪村的荔枝种植是从2018年开始的,它还是桥坪村人"报效乡梓"的一个力证呢。村人程唐川、李治华,一个客居香港,一个创业四川,一个四十几岁,一个五十多岁,两位同乡先后回乡,一起投资创业。他们不惜耗尽身家,让荔枝园从一期的600多亩,发展到而今的1100多亩,还带动了上百户人家一起致富。

在桥坪村种植荔枝有得天独厚的条件,荔枝种植对纬度要求极高,非18—30摄氏度不可。桥坪村纬度29摄氏度,在全球荔枝的分布纬度中算是最高的。为此,这里的荔枝要在7月中旬才能成熟。那时,其他地方的荔枝都已经收完了。

桥坪村地处长江边,独特的地理环境形成了湿热、无霜冻的小气候,土壤层也是典型的冲击土壤,质地优良,微量元素高,非常适合荔枝的生长。这里的荔枝成熟期最晚,品质优良,来自国内外的订单应接不暇。2019年,一期出果的第一年,2.5万斤鲜果就被来自日本的客户全部订购。

我信口吟道:一骑红尘妃子笑,无人知是荔枝来。随行的朋友笑着说,现在运输方便了,办法多的是,没有那么复杂了。

原以为在1100多亩的荔枝园里能看到很多如蜜蜂一样辛勤劳作的身影,事实是我只看到一个身着干干净净蓝色衬衫的男子在垄上巡察,他崭新的草帽底下是一张干干净净的笑脸。

他是技术员老王。我好奇每条垄上都有一根黑色的塑料管子。老王在一棵荔枝树旁蹲下身去，一边牵起管子察看，一边用一口流利的普通话向我们科普："我们是标准化荔枝园，不像过去那样需要农人在地里灌溉。高标准的水肥一体化，就是灌溉与施肥融为一体的农业新技术。你仔细看，管道上每隔一段距离有一个滴头，通过可控管道系统与滴头，就可以均匀、定时、定量地给每棵树提供营养。对了，垄下面都埋了中药渣，既为土壤增加有机质，发酵后还会生成很多有益菌，这样，荔枝的根系就会更发达。"

哦，美哉！肩挑手提的人力灌溉与施肥方式已经是过去式了。桥坪村荔枝园的劳动形态是崭新的，精细的，精准的，科技的。

桥坪村人对荔枝园还有很多构想：建设观景平台，增设可移动太空舱民宿，在一期二期荔枝园中间的山峦上种植桃花林，以荔枝园为依托，打造桥坪村文旅新样本。

"起步难，做好了就越来越好。你看周围那些别墅型的房子，你看那户人家门前盛开着一大片火红的玫瑰……外地返乡修房的人越来越多，咱们村人气越来越旺啊。"三十刚出头的程书记站在山峦最高处，越说越激动，青春的眼睛炯炯有神。

顺着他向前伸直的手臂方向，我看到一江清波，两岸青翠。目光收回，这千里莺啼绿映红的水村山郭，正是我们的家乡，我们的乡愁。

临别返程，车子启动了。程书记向我们不停地大幅度挥手："别忘了哦，七月份，桥坪村首届荔枝节，一定要再来做客啊！一定要来啊！"

——原载《重庆日报》，2023年6月22日

第五辑

心与万物握

手言和

刘云霞，中国散文学会会员，重庆市作家协会会员，江津区作协理事，全国优秀班主任，重庆市书香教师，重庆市骨干教师，江津名师，四牌坊尚融小学教师。著有《教育与心路》《春暖才能花开》等教育专著，出版有散文集《风中的祖母》，长篇小说《石头沟》等。

刘云霞：在疼痛中盛开的花朵

（本期访谈主持人：陈泰湧）

上游文化：每个人走上文学道路都有一个故事，据我所知，你的故事是带有痛感的？

刘云霞：我的本质工作是教育工作者，研读、反思、实践、书写，做课题，写论文，写教育心得，非常勤奋，十年时间出版过两本专著，一本是班主任德育工作的《教育与心路》，一本是作文教育《春暖才能花开》，虽然也是出书，但这不是文学之路，算是专业成长之路。

2013年，我的家庭发生了重大的变故。我的祖母和我的弟弟，两个在我生命中很重要的亲人在二十天的时间里相继离世。

我在10岁的时候就没了母亲，我已经有过一次揪心的痛，再一次的痛彻心扉，我的哀伤需要有发泄，我的感受渴望被理解。2014年我写了小散文《我的弟弟》，当时有写作前辈说被感动了，还预言这会是我这辈子最感人的一篇文章，之后不会有超过它的了。但是我一直想为祖母写一篇祭文，我对她有过承诺，加之思念难抑，2015年我写了《风中的祖母》。我发现写作能摆脱我的悲伤，让我的心灵苦难得以摆脱。我的生命由此一天比一天丰盈、自信、强大。教育，不是一套套试题和答案的叠加，也不是课程表、作息表及上墙的各种守则，是内在灵魂的丰富与热爱。写作能够唤醒灵魂。作为人民教师，拒绝麻木，拒绝冷漠，从我自身做起，这不是很好的事吗？

上游文化：《石头沟》也是在这样的心境下开始创作的？

刘云霞：是的，悲痛万分，沉入深渊的思念无法解脱的时候，我开始书写，这一写就是6年。

创作在生活里诞生。弟弟离世以后，一位律师朋友问我：为什么你们姐弟俩一个阳春白雪，一个巴人下里？我很茫然，没法做答。但是这个问题一直萦绕耳际，久久挥之不去。为什么会这样？我反复地问自己。于是，我开始动笔。在收官以前，有过好几次想放弃。写到两万多字的时候，我的一位同学担心我会沉湎于悲伤，劝我不要写了，他说生活要向前走。在写到七万多字的时候，一位前辈也以同样的理由劝我放下。他说：你那么阳光，为什么要自残自虐？是的，创作是很艰辛的，一是缺乏整块的时间，我要平衡工作，工作为先。二是从精神到身体的疼痛，所以每写一阵必须得歇一阵。我曾怀疑自己会不会像我母亲一样英年心衰而去。为此，我也感谢家人的理解与支持。更多时候的想放弃，是我对自己创作的惶恐与无力。文字驾驭、思想的高度、艺术表现等时时感觉爱而无力。但是，在面对着电脑发呆的时候，内疚、自责就像包括已不在人世的弟弟和远在千里之外向我发问的律师朋友在内的无数双眼睛在注视着我，让我欲罢不能。

上游文化：写作是你的一种疗愈？

刘云霞：是的。在经历家庭重大变故以后的几年时间里，我从开朗走向抑郁，从抑郁走向解脱。在不停地追问与寻找中，我脑海里的画面越来越壮阔，我们父子仨、我的母亲、我无私且智慧的祖母、我的家族、我们姐弟俩的成长困境、从小一起长大的姑娘们、我的学校、我的同学们、重点与非重点中学、在乡村教学时我的学生们孤独的脸庞、我电脑里存放的几十万字关于孩子们的一篇篇呼唤爱的日记……当我把眼光拘泥于个人遭遇时，我深陷不幸的泥潭无法自拔。当我放眼社会，我的文字从抒发自我愤懑自觉转换到书写时代。当我想到我在为大众书写，为这么多留守儿童在书写，我就觉得使命在肩。由此，书写就变成了自我救赎。写作是苦旅，写作也是疗愈。不停地追问，不停地消化，不停地接纳，我就在与自己和解。

上游文化：写作的疗愈效果如何？

刘云霞：或许在每一个时代，我们每个人都有自己的精神困惑与无奈，但作为一个写作者我们必须迎上去。我接受和消化了什么，往往决定了我会成就和成为什么。这是我的收获。

上游文化：除了释放和救赎自己，你认为自己的作品有没有产生社会效益呢？

刘云霞：我想是有的。随着思考和写作的深入，我发现几十年改革开放，物质文明飞速发展，人们逐年富裕，但是人们的情感世界越来越空虚，待人处事越来越冷漠，不会轻易被感动，兴奋感都朝向经济增长点了。人的情感是有的，还在那儿呢，只不过埋藏得比较深，要有触动深层的引起共鸣的东西。而我自己是很容易被感动的一个人，我也在思考感动我的是什么？以研究的心态进入我的文学创作，我就找到了那个触碰点，真诚的、质朴的、带着希望的无需矫揉造作的表达。

在失去亲人的痛苦中，我把目光锁定亲情乡愁，我想七十年代中期及其以前出生的人有同感。我怀念上世纪八十年代中期，乡村人口多，庄稼欣欣向荣，人与自然琴瑟和鸣。之后，随着南下打工浪潮般的蜂拥，城市化进程的逐年加快，乡村人口逐年递减，越来越多乡村凋零，土地荒芜。我亲眼看到熟悉的农村空巢留守老年夫妇，妻子半夜发病在床上去逝，年迈的丈夫一个人没办法把尸体从床上转移下床的伤心和茫然。为什么这么荒凉，因为他们无力梦想。

再后来，随着乡村振兴，我把目光投向且锁定美好的文明乡风，良好家风，纯朴民风，书写焕发着乡村气息的文明新气象。我始终相信自己能一直保持保爱的能力。我想记录下一些美好的东西，让人们有力量去追逐，把爱转化为梦想。

上游文化：关于《石头沟》的主题，有人认为与其说这是一部留守儿童的自传体小说，不如说她的主题是关于爱，爱生命、爱生活，你赞同吗？

刘云霞：我同意这种说法。我希望它能够给予人启迪。面对孩子，作为一个成人，应该时时反省如何做好自己的角色，为人父母、为人师长、为人亲友、为人子女。作为一个孩子，如何驱散遮在心灵上的乌云，自觉去克服自卑、孤独、多疑和无助。

在表现手法上，是一种回忆与抒情，把我的观察与思考融进去，把我自身也融进去，也是对我的故乡、我的成长、我的记忆、我的怀念的一种深情的呼唤。在生活的波澜壮阔中，每一个村庄每一个家庭都是一部厚重的历史书，只是我的这部史书更多地是写满了温馨、力量和坚韧。

我以内心最纯粹的情感与最真实的记忆完成对最美乡村的呼唤。记忆里的美好的东西深入我的骨髓，奠定了此书的情感和精神的基调。我的精神归宿在我的童年，我的故乡。

上游文化："留守儿童"有原型吗？是你生活中观察到的，还是你自己童年的写照？

刘云霞：回顾过去，一路求问一路书写，一路释疑一路感恩。《石头沟》是以西南山区"石头沟"这一普通乡村为背景，以白薇、白龙姐弟的成长和境遇为典型，描写改革开放以来的农村留守儿童在成长过程中所经历的生活轨迹，着重表现了家庭情感教育缺失、乡村基础教育落后、社会环境激变情况下留守儿童的身心状况。

创作源于生活也高于生活。故事里的人物有生活的原型，或者是很多人物的杂糅与聚合，或者是某一个具体的人物被拆分为不同的角色，要么就是我成长的时代与我走上工作岗位后所遇到的留守儿童的经历的整合，总之，是谁又不是谁。

上游文化：你的散文读起来也有一种疼痛感，并非是那种猛击的剧痛，而是密密麻麻的疼。第一次读你的散文《风中的祖母》，给我的感受是情感的真挚与强烈，你把真情放在最重要的位置，其情感浓烈的程度几乎让人震撼，其真诚的纯度值得反复回味。我想知道你是如何保持这份纯真的？

刘云霞：从情感酝酿到主题酝酿，再到谋篇布局的酝酿，时间很长，真正敲键成文两个小时多一点，然后就有心力瘫痪的感觉，然后还要用一定的时间来消化。但凡涉及人性情感的用心作品其实很费心神，当然此类文章才是真写作，我喜欢这样的投入，所以自认为我的写作很纯粹。

如果非要谈感受的话，个人认为真诚是作品的灵魂，何况我是为着救赎自己而书写。不管是一个教育工作者，还是一个写作者，不改初心的朴素与本真总是让人感动的。先前说过，我的写作不是为了取悦他人，更加看重的是它抒发释放我的情感。古今人类的情感是相通的，亲情友爱、愉悦激动、离别伤痛、悲春伤秋……人之初，性本善。我想，我不是刻意保持这份纯真，而是人类的情感基因本身就是纯真。

上游文化：你的作品触及了人的心灵世界，深入了人的情感与精神的探讨，展示给人的是一个积极的、隐秘的却是真诚的，能看到广阔无边的心灵世界。用一个字评价，就是"真"。你是怎么"数十年如一日"，所有的创作都在坚持这份"真"的呢？

刘云霞：我的写作本就不是冲着发表和稿费去的。2012年起，十年时间我出版了四本书，用"十年磨一剑"形容不为过。很多人已经不能沉下心来看一篇文章，更别说会花太多时间去看一本书。不过这不要紧，我的写作一开始也不是为了影响世界，而是为了安顿、救赎自己。2007年我开始写博客，写教育日志，书写自己的教育故事，谈谈自己的心得，说说自己的体验，记录学生作文等，一年就是几十万字。持续了几年时间，我都是悄悄地写，生怕被人发现。那段时间，我结识了很多在教育领域内有思想有见地有行动的博友，他们一再鼓励我将那些散记整理成集，于是便有了我的班主任教育专著《教育与心路》。书籍出版以后，说实话我是很忐忑的，就怕自己不着调的文字耽误了教育同行读者的宝贵时间。但是事实不是这样。有老师向我述说读后心得，给了莫大的鼓励。2017年，我的作文教育专著《春暖才能花开》出版。几天前，我翻阅以前的日志，有这么两段话：

"刘老师，认认真真地读了你的专著《春暖才能花开》。感动于你的习作指导不落痕迹，但却起到了润物细无声的效果。你的这些写话、习作指导实践太接地气了。有时候读着读着就责备自己，我也应该像刘老师那样做，为什么我就那么敷衍了事呢？你的书中提到了你的创新：循环日记、童话接力等。最近也读了薛瑞萍的讲述课与表达课。你们两位作家的教育理念不谋而合，对我都有极大的帮助。比如你们都倡导在孩子很小的时候就应该激发他们的阅读兴趣，由于刚入小学孩子们的识字量有限，所以你们两个都会给孩子读故事，鼓励孩子读背儿歌。你们认为这是培养孩子与母语的情感。的确教学需要保鲜，否则厌学情绪就会滋生……"

"你是真正爱阅读的语文人。可是我从小生长在农村，除了课本，从小学到高中都没有得到书籍的滋养。一直以来都认为自己的成长环境局限了我对课外阅读的兴趣，但我又从你的著作中了解到，你也是来自农村的孩子，为什么如此爱阅读呢？难道阅读兴趣这个东西是与生俱来的吗？我也渴望爱上阅读，因为作为一个小学语文教师，如果自己不多读几本书，怎么去了解儿童、亲近儿童、走进儿童呢？"

可能当时我觉得他们把我读懂了，所以把这些话珍藏了下来。教学相长，谁能说这不是在发生好的影响呢？

在写教育日志的同时，我将自己无法诉说的心事、对生活的困惑和对生命的无奈诉诸于文字，私密保存在电脑里。书写的过程就是自己孤寂的得到心灵安放，疲惫的身心得以停靠。不知不觉的，文字已然成了我避风的港湾，停歇的码头。

的确，我们的生活需要写意，工作本就辛苦而沉闷，应该有一点点的浪漫，工作也就有了色彩和韵律。倘若，我们只是日复一日地奔走，而不能有自己的生活，没有自由的闲暇，没有暂时的逗留，没有更多不经意"瞬间"的感受，那该多么无趣？

上游文化：教师的工作很忙，写作也需要时间，你还是一位母亲，我好奇的是，你是如何平衡母亲与教师、工作与家庭，还要兼顾读书与创作的？

刘云霞：我是母亲。我自小爱阅读，但是坚持写作是在陪伴儿子的成长中历练的。说到底，阅读与写作就是我的兴趣爱好而已。有了兴趣，尝到了写作的好，就再也丢不下了。人生的意义是带着爱生活，是活得有血有肉，热气腾腾，而不是冷漠为了生存为了职责而成为忙忙碌碌、疲惫又焦虑的工具人。像鱼儿离开了水不能生活，阅读与写作也是我生命的一部分。有了热爱，平衡就不是问题。时间就像海绵，挤一挤总会有的。

我的成长不仅在八小时之内，也在八小时之外。我把阅读的时间安排在早晨，写作一般在晚上，且都是在做完工作上的事、做完家务之后。没有写作的夜晚，我也读书。最喜欢的是早晨，空气中有湿润的香，床头是一盏很多年的旧台灯，稚阴稚阳的鸟鸣自窗外传入耳畔。

床头是一部部长篇或一本本杂志，每晚是它们伴着入眠的，有时还有音乐。早晨醒来的第一眼看到的也是它们。早晨没有音乐，鸟鸣替代了音乐。自鸟声的有无与清明我能判断天气的晴雨。堆满书籍的小小床头确是一座宏大的巨人的精美花园，有远古罗马的繁华与寂灭，有幽深的迷宫，也有用不同的繁复或简单的材质构建成层层篱栏的故乡的小小庭院。我深知，如果抛开了书籍和音乐，也就抛开了生活和生命的泉流。虽然有时也控制不住地点开抖音、短视频，那些貌似短暂零散的三分钟八分钟十分钟就在我的手中加速度流逝。买了很多书。时间很零星。这是我的角落，让我的内心经年坚定也一直柔软。而我的爱好与兴趣与我的各种角色并不冲突，相反，对促进我的本职工作大有裨益。

上游文化：你把自己首先定位为一名教师，然后才是作家。作为一名作家教师，你认为一个孩子在成长路上最重要的是什么？

刘云霞：最重要的是阅读好书，青少年的阅读启蒙很重要。每个人的精神层次所能达到的高度，决定于几个方面：父母、老师、书籍和经历。父母给了我们生命，教给我们做人的道理，老师教给我们知识，陪伴了我们的童年与少年。但是读不读书，读哪些书，能否坚持读书最终是每个人自己的事。阅读好书可以健全人格，激发学习兴趣和积极性，养成好习惯，树立目标，找到榜样，丰富知识，扩大视野。我常常对孩子们说，不要相信手机，不要相信游戏，要相信书籍的力量。总之，自觉的持之以恒的阅读就是在自我成长。书籍的作用大于老师大于家长。那些伟大作品的作者就是我们的朋友圈，读得越多，朋友圈就越大。要做得孜孜不倦，把内心的期待和向往持久地落实到具体的时间上去。我们可以在书籍中学教养、学价值、学善美，养格调、养气质、养风貌，学语言、学说话、学作文。阅读带来写作水平的提高，大概是三个层面：词语的丰富与敏锐，思考越来越周密，越来越懂得玩味语言。阅读与不阅读差距越来越大，不是后面的人落后了，而是前面的人从走起来变成跑起来，又进化为飞起来了。经常阅读的人眼睛是不一样的，形而有神，气韵生动。男生更帅，女生更美。

上游文化：你以前在农村学校教书，后来进了城区名校，是写作改变了你的命运吗？

刘云霞：写作有功劳，也有很多帮助我的人，但是归根结底是我的努力改变了自己的命运。有一部很火的电视剧叫《人世间》，每个人的一生都是一部《人世间》。作者梁晓声还有一部作品叫《我和我的命》，里边提出人有三命：父母给的叫天命，生活经历给的叫实命，文化给的叫自修命。命运有其不可违拗的决定作用，但人也有奋斗和自修自悟改变命运的强大力量。我们无法更改和重新选择天命，只能接受面对。但我们可以在生活经历后的实命中，吸取人生经验；还可以通过后天在自修命中的奋斗拼搏，改变命运；实现美好生活的梦想。

我要感谢自己的努力。我出生于贫苦的农民家庭，自幼丧母，是勤劳的父亲和善良的祖母将我抚养成人。在学校里，我发奋读书，靠优异的成绩得以升学。如果当初我没发奋读书，我就是一个毫无见识的农村妇女。如果参加工作以后，我没有勤于阅读，我也仍然是一个平庸的教师。

我是通过考试进城的，跟每一位考调进城的老师一样。可以这么说，写作让我拥有了对生活的掌控感。从教30年，从村小学到中心小学，从农村小学到区重点小学，写作功不可没。感谢写作，在成就我事业的同时，让我在经历不幸与磨难的时候，能够自己疗愈，不沉沦。读得越多思考得越多，越是懂得了，生命是很可贵的，我们不仅要珍惜自己的生命，还要珍惜他人的生命，还要热爱世上存在的一切生命，还要对生命有一种悲悯。

当然，论成绩，我没有高度也没有厚度。不过，我很幸运，我是写作者，我更是一个读书人，一路走来，我相逢了很多师友贵人。由此，在成长的路上，我将永远心怀感恩，心怀敬畏。

上游文化：一个人的阅读史就是他的成长史，能谈谈你的启蒙阅读吗？

刘云霞：我是有着良好的阅读启蒙的。母亲虽然先天有病，但是爱好读书。记得我刚刚上小学，她就借去县城大姑妈家的机会给我买回两本书。书名几乎忘了。只记得内容大多是智力游戏之类。但是在那么一个穷乡僻壤，有那么个新鲜玩艺儿，自然如获至宝，常常拿在伙伴面前炫耀。一个游戏叫做"步步为营"，我记得很清楚。还有妈妈不知从哪里淘来一些杂志小说，没有什么乐趣的时候就喜欢翻翻。不过那已经是三、四年级以后的事吧，认得很多字了，但是有阅读障碍，常常困惑书里讲的话语。不过苏格拉底、柏拉图的名字就是在那时根深蒂固的。现在想起，自己对哲学的偏爱是不是那时就埋下了种子呢？

而在进校读书之前，我的童年也可能记忆更多一些。奶奶是旧时私塾先生家的大小姐，有着相当文化品位的家庭背景，酷爱看川剧。当时家里父辈和孙辈都没有人喜欢那玩艺儿，陪同奶奶看戏是我的光荣职责。因为川剧演出通常都是晚上，奶奶缠过脚，怕她回家途中跌倒，我作她的活拐杖。奶奶看戏时会一边看一边眉飞色舞地给我讲剧情，也不管我听不听得懂。在江津川剧院，有连续看好几天川剧的历史。杨家将、穆桂英挂帅、唐伯虎点秋香、吴三桂陈圆圆就是在川剧中知道的。至今，提起穆桂英，我就会想起那个头戴桂冠，肩上插着很多锦旗，在锣鼓声中蹁跹而来的英俊女郎来。

除了看剧，龙门阵是我童年里不可不提的快乐记忆。那时候有电视的人家很少，冬天不必说，到了夏天，生产队大队的，但凡邻近居住，就会邀邀约约在池塘水库边、晒坝天井里摆龙门阵。小孩子就棍子车子（一种用木板钉在滚珠上的玩具）玩得不亦乐乎。我一直好静，喜欢静静坐在大人脚边，听他们讲故事拉家常。

还有我的家里就是一个梦话加工厂。奶奶是讲故事高手。她会把她想表达的诸如不孝要招报应、人生很长谁都不要顾眼前忘记长远，用钱要有计划，教育子女不娇惯等道理蕴涵在她的生动的人事物俱在的故事里。二爷有天上全知、地上全知的美誉，爸爸享有天上知一半地上全知的别号。自妈妈病逝以后，善良的大姨妈每逢寒暑假就会接我去她家。说来滑稽，躺在大我三岁的表姐怀里听她胡乱瞎掰的故事也能甜甜睡着。

印象中，童年的阅读还有几本记忆深刻的杂志，《儿童文学》《少年文艺》《故事会》。一双姐妹在后母的嫌弃下冻死山谷的悲惨故事至今刻在我的脑海里。邻里乡亲总是以我做示范安慰自己对子女教育的失败，说读书靠天分，在母亲早逝、父亲眼瞎那样一个家庭里没有谁辅导，也读到那个份上就是例证。其实，我的阅读爱好是从童年起就打下了烙印。我有一个会讲故事的奶奶，我有一个纯净自然的成长环境，这对于人的发展多么重要！

上游文化：你的童年是非常幸福的，很幸运能以这样的方式接受文学启蒙。进入学校之后呢？据说你很小就开始了帮人"代笔"？

刘云霞：也不记得什么时候起，大舅家里多了好多连环画、作文书的。好像是大舅妈的娘家人在重庆拿回来的。说实在话，那时我一天写几个日记不雷同——除了自己的，还要帮忙写几个，而且还经常得到老师表扬。因为"代笔"，我在同学中威望渐高，生日时会收到好多礼物。当然，这些"代笔"并不是为了得到什么回报，而是我非常想写，自己的写完了，心里觉得还欠着点，总想再多表达点。

还得谢谢那些作文书。仿写作文我真的是无师自通，现在我也相信哪怕抄写，只要用心投入，也是一种再创造。那些连环画大大开阔了我的眼界，滋润了我的理想，奠定了我的人生观。鲁迅的《伤逝》告诉我万事万物都会逝去，不过真正明白子君和娟生缘何那么相爱却要以悲剧告终，是在中师课堂上，是因为没有经济基础的爱情只能是空中楼阁。《西游记》，我是最入迷的，失去母爱倍感孤独的我常常魂不守舍地幻想自己就是那无所不能的孙悟空。

上游文化：你也是教师，那就请你谈谈教师对一个学生的影响吧。你的老师是如何影响你的？

刘云霞：1987年，我上了中学。突然增加的课程叫我应接不暇。尤其是英语，班上很多同学都是入学前上了小升初衔接班的。他们熟练的口语、熟悉的单词默写叫我好生佩服。不过幸运的是我入学的第一篇作文《初识》让我在班上一炮走红——那个作文是我的语文老师所教两个班级中的最高分，老师还作为范文在两个班上读评。天生不服输的我在统考科目上大下功夫，我的成绩渐露锋芒，我也为此深得各科老师喜爱。这个时期的阅读主要是学科书籍。曾经对琼瑶的书也喜欢过，不过听从了班主任劝告，说琼瑶的书是毒品便远离了（笑）。女生爱读的言情小说我错过了，可男生爱读的武侠小说我是一本也没错过，寒暑假的时候，在大姨妈家里，如痴如醉地读过金庸、梁羽生的武侠小说，《天龙八部》《冰川天女传》《七剑下天山》就是在这一时期与我结缘。

不得不提一位在我人生旅途中特别重要的恩师——邹向东老师，他除了在他当中学主任的爸爸那里给我找来《古文注释》等学科资料以外，他也培养了我对诗歌的热爱。席慕蓉就是在这时闯入了我的视野。记得我还摘抄了大量她的诗歌，并且多半我都会背诵。

1990年，我以特别优异的成绩考入中师。户口终于"农转非"，三年苦读即将有了一个"铁饭碗"，同学群体的突然心里放松让我一时茫然竟然找不到寄托。可是只知读书应考的我们居然没有一个愿意频繁出入图书馆，宁愿花更多时间在琴房、练字和美术等专业基本功上——于我其实是门门练、样样瘟。很遗憾，那时没有一个老师或者领导告诫我要多读几本书，这一时段真的是荒废掉了。幸亏文选老师常常在文选课上抄写一首徐志摩、艾青的诗歌在黑板上，让我们朗读，给我们讲解。这段时间，我也偶有散文、诗歌在校报上发表。有一首诗歌还被推荐出去发表在《中外企业报》上。

"三人行必有我师"，因为同桌的影响，我对古典诗词产生了浓厚的兴趣。同桌还把他手抄的硬面抄两本唐诗宋词送给我。

为了初出人师做准备，我自己订了《小学语文教学》，我一出校门走上工作岗位教学就显得老练证明一年的《小学语文教学》杂志阅读非功莫属。很多年后我发现，很多老师就没有认真读过这样的专业杂志。

上游文化：在我们的创作者队伍中，"教师"身份的占了很大比例，但绝大多数都没有作品成集，你是怎么看待自己的这种幸运的？又是如何看待外界对你作品的评价？

刘云霞：作为一名一线小学语文教师，一个文字爱好者，在创作的路上，我很忐忑。文章2012年出版了第一本专著，2017年出版第二本专著，2019年和2021年接连出版散文集和长篇小说，这或许是印证了"天道酬勤"吧。我自知我不是最勤奋的，我也不是写得最出色的。我不大介意自己是否获奖或者有没有名扬四海，我特别看重读者对我作品的赞许，以便确信我笔下的生活图景是真实的图景，而不是自我欺骗的幻影。我以浓炽的情感和对美好生活的追求书写，大家喜欢就是我创作的标尺。论成绩，与很多作家大咖相去甚远。他们为人谦逊，多年如一日勤奋耕耘，作品与人品都堪称楷模。穷其一生，在文学造诣上我也达不到他们的高度。不过，我很幸运，他们从来不曾因为我的冒失而心生罅隙。由此，在今后的路上，我将永远心怀感恩，心怀敬畏。

上游文化：你会在文学之路上会坚持下去吗？近期有没有创作目标？

刘云霞：只要条件允许，我会坚持下去的。感恩是我坚持的动力。我的成长离不开很多人的无私帮助。我的成长离不开家庭和社会提供的良好环境。桃李不言，下自成蹊，桃树和李树不招引人，但因它有花和果实，人们在它下面走来走去，便走成了一条小路。

如果非要有目标的话，那就是能够写出我自己也欣赏的好的文字。那种文字有一种难以言说只能意会的气韵和风神，看似随心所欲，实则传达出、表现出了某种无限的、无穷尽的、让人欲罢不能的内在神情。近两年，我有意识地在学习当代一些名家的作品。对于一个写作者来说，文字不单单是文字，文字是从属的和次要的，文字只是载体，说清楚、说明白是最基本的要求，文字蕴藏和传递出生动的气韵是重要的。

什么样的思维，什么样的生活。什么样的选择，什么样的结局。

不管是阅读、学习，还是工作、生活，每一步都要很好地走，才能顺利地接好下一步。字典的第一个音节是"a"，收尾的音节是"zuo"，这是在告诉我，在育人与生活、写作与阅读等方面，要有"啊"的激情，更要有"做"勤勉。

——原载《上游》，2023年11月15日